Holm Kohlmann

Unendlich Erdenhimmel

Zu diesem Buch

Sehr materialistisch geprägt wächst der Romanheld in der DDR auf. Er erfindet das runde Schachspiel und trägt seitdem den Spitznamen Rondor. Felsengewaltig reift er an seinen Abenteuern und wird erwachsen. Jahre nach der deutschen Wiedervereinigung von 1990 besitzt er ein umfangreiches Wissen und ein weit geöffnetes Bewusstsein. Er gründet eine Handelsfirma, gerät in die Fänge der Russenmafia, paktiert mit Kommunisten, muss Kämpfe mit schwarzen Mächten bestehen. Mit der hübschen Hexe Unstrud sucht er die fünf platonischen Kristalle, die zusammen eine unbekannte magische Energie verkörpern. Immer wieder geschehen ihm Merkwürdigkeiten, welche ihn schrittweise zur Selbsterkenntnis führen. Teils bewusst, teils unbewusst beeinflusst er nun alle Ereignisse auf der Erde, bleibt jedoch Gefangener seines Körpers. Alle Dinge und Geschehnisse seiner Umgebung kombinieren zu großen Veränderungen auf dem blauen Planeten. Trotzdem kann er leiden und lachen, wie jeder andere Mensch. Doch sein unbändiger Drang nach Weiterentwicklung lässt ihn spektakulär in Dimensionen außerhalb des Raum-Zeit-Gefüges zurückkehren…

Biogramm des Autors

Holm Kohlmann, geboren 1966, lebt in Bautzen. Der Autor studierte Elektrotechnik/ Informationstechnik in Magdeburg und Karlsruhe. Er arbeitete vor allem in der Softwareentwicklung und ist seit 2006 freiberuflich als Schriftsteller tätig.

Veröffentlichungen:
Gedichtbände „Oberlausitzer Weisen" „Deutscher Edelmann" „Hymne des Herrn"
Utopischer Roman „Atomatica"
zahlreiche Anthologiebeiträge

Holm Kohlmann

Unendlich Erdenhimmel

Roman der Fantasie

Herstellung und Verlag: Books on Demand GmbH, Norderstedt

ISBN 978-3-8482-6473-5

Inhalt

Prolog

Lautlos und sternenlos finster dauerte bislang die Mitternacht, verschluckte sie alle Regungen der Natur, bis sich schlagartig alles änderte und sie ihre Starre verlor.

Neben der geheimen Forschungsstadt Alpha schaukelten erdbebengeschüttelt steile Felswände, krachten Steinblöcke in die Tiefe, fiel loses Geröll herab. Europaweite Epizentren und Gewitter tauchten zufällig auf und verschwanden wieder, Geosatelliten sandten ungewöhnliche Datenmassen aus dem All, in den Laboren zählten digitale Messgeräte wild vorwärts, rückwärts oder fielen ganz aus. Im Kontrollquartier schüttelten zahlreiche Fachleute ihre Köpfe, analysierten, diskutierten, konnten keine Ursachen festmachen. Welche unvorhergesehenen Effekte geschahen über und unter der Erdoberfläche? Woher kamen diese plötzlichen Ereignisse? Wieso erlangten sie dieses unbegreifliche Ausmaß?

Abseits, unbemerkt hob sich in der russischen Exklave an der Ostsee eine alte Kirchenruine milimeterweise in die Höhe. Ein weißblaues Leuchten hüllte sie ein, als unter ihr Blitze dem Erdboden entstiegen. Etwas unvorstellbar Dunkles suchte die Oberfläche, breitete sich aus, flocht sich ein energetisches Netz, sog die Ansicht der Umgebung in sich ein. Gleichzeitig formten sich im Erdinneren Konturen von Räumen und Sälen, verbanden sich mit Türen und Gängen, wuchsen mit Türmen und Wällen zu einer riesigen intakten Burganlage. Innerhalb des Zentrums auftauchende Generatoren stabilisierten das Kraftfeld um den Bau, der Tarnmodus ließ das Bauwerk auf allen Frequenzen unsichtbar erscheinen, erhielt das Bild der darüber stehenden Ruine. Durch die Erdschichten gebohrte lange Rohre begannen aus der Untergrundmaterie Rohstoffe zu saugen; in einzelnen Seitenräumen der neuen Burg glitten komplexe Klonmaschinen aus dem Boden, den Decken und Wänden. Hunderte kleine Spiralarme wandelten Atome, hielten und druckten Zellen übereinander, bildeten unzählige Schlingpflanzen zur Sauerstoffversorgung, zur Klimatisierung der neuen Räume. Wände öffneten und schlossen sich; Greifarme, Transportröhren und Bänder brachten die Pflanzen an ihre vorgesehenen Positionen. Nun widmete sich die Automatik der Erschaffung von Fantasiebestien: Zwei zotteligen Säbelzahnlöwen für den Eingangsbereich, einigen täuschend echt aussehenden Aufklärungsinsekten, einem zehntausendköpfigen Schwarm aus stahlnasigen Kampffledermäusen und zwölf Dschinn in Form von Rauchsäulen - feinstofflichen Wandeldämonen der höchsten Kategorie für Kriegs-, Schutz- und andere Sonderaufgaben. Daneben gestalteten die Maschinen für den Hausherrn ein organisches rochenförmiges Fluggerät mit Innenkapseln für dreizehn Lebensformen. Über der gesamten grauschwarzen Burg hatte sich mittlerweile eine glutrot glänzende Hohlraumkuppel gebildet, welche mit versteckten Zugängen die Oberwelt erreichte. Die Wesen wurden entsprechend ihren Aufgaben programmiert und an die entsprechenden Orte gebracht: das Gehege der Löwen umhüllte das Eingangstor und die Außenmauer, die Insekten schwirrten in alle Himmelsrichtungen, die Fledermäuse versteckten sich unter den Bäumen des umgebenden Waldes und die Dschinn verteilten sich auf die sechs gleich großen Hitec-Beobachtungstürme. Das Fluggerät stieg samt Podest zur Landeplattform knapp unter Turmhöhe und mittig der Burg auf, durch Gänge von allen Seiten schnell erreichbar.

Nachdem sich das Inventar aus den Wänden geschält hatte, Hologramme jeden Fremden in Fallgruben locken konnten und Leuchtflächen alle Räume in schwaches Licht hüllten, begannen auch im wechselnd weiß oder veränderlich blau leuchtenden Zentralsaal Bewegungen. Spindelförmige silbrige Behälter in doppelter Menschengröße schwebten einen Meter über dem Boden. Sechs von ihnen rotierten um den größten siebenten Behälter in der Mitte. Sie blieben stehen, fuhren eine Treppe aus,

10

ihre Oberfläche verschwand und sie gaben jeweils eine Menschengestalt frei. Man konnte leicht in Leder gekleidete Prostituierte entdecken - zwei Asiatinnen, zwei Schwarze und zwei nordeuropäische Blonde mit blauen Augen. Ihre langen Haare waren unter dem Kinn zu einer Fliege zusammengebunden und glänzten gleich einem seidenen Vorhang. Sie fauchten beim Munterwerden, zeigten ihre langen Reißzähne, züngelten ihre gespaltenen Schlangenzungen; beinahe gleichzeitig erhoben sie sich, stiegen ihre Treppe hinab, blickten ins Zentrum. Kurz darauf öffnete sich die größte Kapsel. Ihr entstieg majestätisch-elegant, einen schwarzen Smoking, schwarze spitze Fußschuhe und weiße Handschuhe tragend, ein Mann, dessen Gesicht flimmerte und ständig neue Züge annahm. Selbst seine Haarfarbe und seine Frisur schienen sich ständig zu ändern. Geballte Energie entwich ihm und schleuderte mit ohrenbetäubendem Donner die sechs weiblichen Vampirdämonen gegen die Wände. Sie blieben mit ausgebreiteten Armen und Beinen dagegen gedrückt, bis ihr Gebieter sie mit leichten Handbewegungen durch die Luft bewegte, wie Marionetten vor sich postierte und in bösartigem Metallgelächter ausbrach, so dass es von allen Seiten des Gewölbes widerhallte.

„Ha, ha, ha, ha…Endlich wieder senkrecht, *meine Süßen*! Wie dürstet mich die neue Menschenzeit und der lange Tod und das kurze Leben und ihr unergründlicher Sinn!", er breitete seine Arme aus, flackerte in verschiedenen Farbtönen, als stände er in Flammen.

Die Damen verbeugten sich beinahe bis zum Boden, erhoben sich wieder und sangen in klingendem Ultrahochdeutsch, gleich einem Syrenenchor:

„Saramanas. Fanatanas. Wir begrüßen Dich, Großer Volker von Trakeenen. Wie lauten Eure würdigen Befehle?"

„Lasst große Tische, bequeme Stühle und feuerroten Rassewein bringen. Jetzt schmieden wir brutale Pläne, grausame Spiele, menschliche Tragödien."

Die blaue Saalbeleuchtung blieb auf einem mittleren Farbton stehen.

So abrupt wie die Erdbeben begonnen hatten, endeten sie wieder. Stützpunkt Alpha meldete wenige Zeit später den Normalzustand an die deutsche Militärführung. Das Ereignis erklärten Wissenschaftler mit parallelen Vulkanausbrüchen auf dem gesamten Planeten, sie gaben plausible Antworten an die Öffentlichkeit. Weltweit wurden der Bahn-, Schiffs- und Flugverkehr für zwei Stunden eingestellt, nach einigen Messungen aber sofort wieder freigegeben. Intern blieben die Vorkommnisse ein völlig ungelöstes Rätsel, ein seltenes Paradoxon, ein faszinierendes Naturereignis kosmischer Dimension.

Erste Jahre

Der Kreißsaal wirkte in Feldlazarettmanier, zwischen einzelnen Betten baumelten gerade mal weiße Laken von den Spannseilen, auf jeder Position konnten weibliches Stöhnen und ab und an Schreie vernommen werden. Wer hierher kam, wollte neues Leben aus dem Bauch entlassen und harrte verängstigt seiner kommenden Schmerzen. Fiel dann ein zappeliges Etwas zwischen den Beinen heraus, schlug die Furcht erregende Schwesternhektik in freudigere Stimmungen der Anwesenden um. Eine gewordene Mutter konnte bald ihr Bett räumen.

„Ein Junge, ein ganz hübscher kleiner Junge, wie soll er denn heißen?", hörten die Frauen aus der Mitte des Raumes.

„...Donarius, Donarius Morgenstern..."

„Er hat schon die Augen offen, schauen sie her, das ist wirklich selten.", freuten sich die Schwestern.

Und so blieb die Aufmerksamkeit des Kleinen schon bei der ersten Waschung und beim ersten Wickeln. Sie setzte sich fort während der ersten sechs Wochen, in den Kinderkrippenjahren. Das putzige kleine Kerlchen mit braunem Teint und schwarzen Haaren schlief etwas weniger, strampelte dafür aufgeweckter als seine Artgenossen. Er war eine Freude seiner Krippenerzieherinnen und durfte öfter im Kinderwagen unter der Sonne liegen.

Typische Kinderkrankheiten gingen vorbei, das Menschlein entwickelte sich planmäßig.

Nur einmal, als sein Vater ihren Trabant zu stark bremste, fiel er vom Rücksitz voller Wucht nach vorne, schlug mit dem Kopf auf die Metallverankerung der Bremse. Er schrie wie angestochen, blutete unheimlich an der Stirn. Erschrocken hielten die Eltern an der nächstbesten Stelle, begutachteten den Schaden und konnten erleichtert die Wunde mit einem Pflaster versorgen. Fürs Leben blieb ihm nur eine kleine Narbe über dem rechten Auge, welche ab und zu juckte.

„Dall, Ball", sprudelte sein erstes gesprochenes Wort. Mit anderen Kindern spielte er im Kindergarten; gab gern den Räuber, der gefangen, in einem provisorischen Baumgefängnis eingesperrt und bewacht wurde. Fasching und andere kleine Feste belebten den Frühalltag. Beim Mittagsschlaf erschreckte manchmal der Sohn einer Erzieherin alle Kinder mit einer grünen Krokodilhandpuppe. Nachmittags verteilten öfters NVA-Soldaten Hansa-Kekse. Der kleine Donarius freute sich, wenn er abends mit seiner Mutter in die Geborgenheit nach Hause ging, wo schon Spielzeug wie ein laufender Sandmann, Bauklötzer und Holzfiguren warteten.

Er schrieb bereits seinen Namen, als er zum Schuleintritt eine übergroße bunte Zuckertüte in den Händen hielt. Kälteschauernd, ängstlich zitternd erlebte er seinen ersten Einführungsunterricht, den ersten Schritt ins richtige Leben. Das Abfragen von Pflanzen und Tieren an der Tafel berührte ihn irgendwie unangenehm. Jedes Kind bekam für eine Antwort ein Bienchen ins Tagebuch gedruckt, echte Noten erhielten sie erst später. Wie die Schule es mit sich bringt, formte er allmählich seine eigenen Gedanken; rechnete, las, schrieb, spielte im Schulverein Schach. Er gewann etliche Medaillen, trat beim Fahnenappell der Schule zu Belobigungen vor, erhielt das Abzeichen „Für gutes Wissen" in Silber. Als Pionier sang Donarius mit den anderen: „Fröhlich sein und singen, stolz das rote Halstuch tragen…". Folgerichtig trug er später das Blauhemd der Freien Deutschen Jugend, befand sich wie viele andere im Deutsch-Sowjetischen Freundschaftsbund.
Seine Eltern besaßen keine große Lust, sich am Elternaktiv zu beteiligen. Deshalb und wahrscheinlich aus pädagogischen Gründen verrechneten sich seine Lehrer öfters bei der Bepunktung von Klassenarbeiten, gaben ihm zu seinem Nachteil oft eine Note schlechter. Häufig musste er protestieren. Während die meisten anderen Jungen über den Schultischen Haschen spielten, blätterte er in den Büchern. Körperlich eher schmächtig gebaut vollführte er am heimischen Kleiderschrank Klimmzüge, so dass er mit sonst sehr mäßiger Leistung im Sportunterricht hierbei eine gute Note

sicher hatte. Neben dem heiteren Gemüt blieb er ein eher unauffälliger Denker. Er besaß zwei Schulfreunde, einen sehr langen Aufgewachsenen, wie eine Bohnenstange und einen sehr dicken Breitgefressenen, wie ein rundes Fass. Sie trafen sich zu Geburtstagen und anderen kleinen Unternehmungen, gingen gern ins Kino, spielten Krieg mit Zinnsoldaten, Cowboys und Indianern.

Spektakulär schien nur Eines. Nach einem Schachturnier überkam Donarius eine Idee. Er zeichnete einen Kreis mit 64 Feldern, ähnlich einem Dartfeld und stellte die weißen Figuren am Rand und die schwarzen Figuren im Mittelpunkt auf. Sein Spiel nannte er Rondor und stellte es seinen Freunden vor. Dazu formulierte er die Regeln:

Spielanleitung Rondor

1. Rondor

Rondor verkörpert ein kreatives Rundspiel für 2 Personen.
Es gibt nur 2 Begrenzungen, eine in der Mitte und eine außen.

1.1. Das Rondorbrett

Grundlage für das Spiel ist das Rondorbrett. Es ist rund und besitzt 64 Felder.

1.2. Aufbau der Figuren

In der Mitte werden die schwarzen und außen die weißen Figuren aufgebaut.
Die schwarze Dame steht ganz innen auf schwarzem Feld, die weiße Dame steht ganz außen gegenüber auf weißem Feld. Im Kreis der jeweiligen Dame, von der Mitte aus gesehen, folgen nach rechts Läufer, Springer, Turm, Turm, Springer, Läufer, König.
Im Kreis davor sind die 8 Bauern eingestellt.

Alle Figuren und Bauern posieren möglichst in der Mitte ihres Feldes.

2. Zu den Figuren
2.1. Der König

Der König darf in jede Richtung ziehen, aber nur ein Feld weit.

2.2. Die Dame

Die Dame darf in einer Richtung beliebig viele Felder weit ziehen.
Sie bewegt sich also auf Kreisen, Spiralen, und Kegellinien(Linie von zur Mitte).

2.3. Der Turm

Der Turm darf in einem Zug auf seinem Kreis oder seiner Kegellinie so weit wie gewollt bewegt werden.

2.4. Der Läufer

Der Läufer bewegt sich ausschließlich auf Spiralen bis zum gewollten Feld.
Er kann nicht die Farbe seiner Grundstellung wechseln.

2.5. Der Springer

Er allein darf Figuren überspringen. Er zieht von seinem Standort 2 Felder in Kreis- oder
Kegelrichtung und dann 1 Feld seitwärts nach links oder nach rechts, nicht in Spirale.

2.6. Der Bauer

Der Bauer darf nur ein Feld vorwärts ziehen. Steht er noch auf dem Ursprungsfeld, darf er auch zwei Felder vorrücken. Er darf nur Figuren schlagen, welche von ihm in Vorwärtsrichtung in Spirale ein Feld entfernt stehen. Danach steht er auf dem Schlagfeld.

Erreicht er die 8.Reihe muss er sofort in eine Figur außer dem König umgewandelt werden.

Eine Sonderregel ist das Schlagen en passant.

Diese Regel betrifft alle Bauern auf ihrer Ursprungsposition.

Zieht ein solcher Bauer zwei Felder vor und steht dann ein gegnerischer Bauer auf dessen Kreis direkt neben ihm, kann der Zweifeldbauer en passant geschlagen werden.

Das sieht so aus, als hätte der Ursprungsbauer sich nur um 1 Feld vorbewegt und der gegnerische Bauer diesen geschlagen.

Das Schlagrecht gilt aber nur sofort nach Ausführung des 2-Feld-Zuges.

3. Zug- und Schlagrecht der Figuren

Weiß beginnt das Spiel.

Die Mitte darf nicht überschritten werden.

Man darf nicht über eigene oder gegnerische Figuren springen.

Das ist nur dem Springer erlaubt.

Wird ein Gegenstein auf dem Zugweg gefunden, kann dieser geschlagen werden.

Man stellt den eigenen Stein an diese Stelle und nimmt den Gegenstein vom Brett.

Eigene Steine können nicht geschlagen werden.

4. Rondors Ziel

Ziel des Spiels ist das Matt des gegnerischen Königs oder der Sieg nach Punkten.

Wird der König angegriffen, steht er im Rondor.

Er muss sich diesem Angriff durch Schlagen des Angreifers, durch Zwischenstellen eines eigenen Steines oder durch Bewegen auf ein anderes Feld entziehen. Ein Rondorgebot muss unverzüglich pariert werden. Ist dieses nicht möglich, haben wir ein Rondormatt und der Angreifer hat gewonnen.

Die zweite Siegesmöglichkeit ergibt sich, wenn auf dem Spielfeld keine Bauern mehr vorhanden sind. Es werden dann die Punkte der einzelnen Figuren addiert.

Wer die höhere Summe erreicht, hat gewonnen. Bei Gleichstand ergibt sich Remis.

Dabei zählen die Dame 8 Punkte, der Turm 5 Punkte, der Springer und der Läufer jeweils 3 Punkte.

Wenn eine Partie sichtbar verloren ist, wird häufig aufgegeben.

Partien enden auch Unentschieden oder Remis. Darauf kann man sich einigen.

3 mal die gleiche Stellung hintereinander oder ewiges Rondor führt ebenfalls zum Remis.

Kann ein Spieler nur noch Züge machen, die seinen König einem Rondor aussetzen, während der König nicht im Rondor steht, spricht man vom Patt. Auch dieses ist Unentschieden.

5. Die Rochade

Einmal in der Partie hat jeder Spieler die Möglichkeit einen Doppelzug zwischen König und Turm auszuführen.

Folgende Voraussetzungen müssen dafür erfüllt sein:

Zwischen König und Turm dürfen keine Figuren stehen.

Weder König noch Turm dürfen schon gezogen haben.

Der König darf nicht im Rondor stehen und darf nicht über Felder oder auf ein Feld ziehen, auf dem er in Rondor stehen würde.

Bei der Rochade zieht der König entlang des Grundkreises zwei Felder Richtung Turm,
dann wechselt der Turm über den König hinweg auf das Feld neben ihm.

Ein Spielzeughersteller und damit Kapital konnte nicht erschlossen werden, aber er hatte von nun ab seinen Spitznamen weg, fast alle nannten ihn nun Rondor. Das viele Nahsehen während seiner Schachspiele und beim Lesen – er kannte in der Stadtbibliothek alle Märchenbücher – brachten eine anhaltende Kurzsichtigkeit mit sich: linkes Auge -2 Dioptrin, rechtes Auge -0,5 Dioptrien. Durch die unterschiedlichen Linsen erschien dem Betrachter sein linkes Auge kleiner als sein rechtes Auge.

Die Kindheit verlief in sozialistischer Geborgenheit. Seine Mutter arbeitete in der Verwaltung eines Elektronikbetriebes, sein Vater strebte als Meister im Sprengstoffwerk nach Planerfüllung.

„Warum wird so viel von Liebe gesungen?", fragte er die Mutter.

„Weil sie wunderschön ist.", gab sie ihm zur Antwort.

Den strengen Vater, dessen Hand schnell mal zur Ohrfeige ausrutschte, ließ er lieber in Ruhe.

Die Jugendjahre kamen und gingen; in Diskotheken erlebte er erste Küsse und Besäufnisse.

Mit guten 16 Jahren lag die Grundlagenschule hinter ihm. Herangewachsen, trotz Brille recht hübsch anzusehen, trug er seine schwarzen Haare mit Seitenscheitel; dunkelbraune Augen und ein glattes Gesicht machten ihn für Mädchen und Frauen angenehm.

Sein Vater stellte ihm das richtige Gleis zu einer Berufsausbildung mit Abitur.

Abitur

Aus der sechzig Quadratmeter großen DDR-Plattenwohnung seiner Eltern floh Rondor schon immer gern zu Schachveranstaltungen. Eine Lehre mit Internatsunterbringung schien ihm daher sehr willkommen. Leicht trug ihn das Schicksal von Dresden nach Magdeburg.

Unweit von Zentrum und Bahnhof breitete sich eine neu errichtete Bildungsstätte nebst angegliedertem Übernachtungsbau aus. Drei gleichgebaute vielglasige Betriebsschulen in Doppel-T-Form standen parallel zueinander, ragten mit ihren gelben Fassaden vierstöckig in die Höhe. Davor streckte sich eine weitläufige Betonfläche für Veranstaltungen, vor der wiederum das Internat nebst angebauter Mensa brodelte. Rechts des Wohngebäudes sah man einen großen Parkplatz, hinter dem sich - harmonisch zu den drei Schulen - eine Turnhalle mit Sportplatz entlangzog.

Die mittlere Schule sollte seine Bildungseinrichtung werden, ihn zum Facharbeiter für Kommunikationstechnik ausbilden und gleichzeitig das Abitur liefern.

Die alten Schulfreunde verloren sich im räumlichen Abstand, neue kamen hinzu. Vor allem waren sie Sauf- und Partykumpane und halfen sich gegenseitig beim Lernen. Natürlich herrschte ein großes Hallo, da fast alle Jugendlichen erstmals längere Zeit von zu Hause weg waren. Über drei Jahre fanden sie ihre Zweitheimat, wohnten in Dreimann-Zimmern mit Betten, Schränken, Schreibtischen und einem separaten Vorraum zum Flur. Vom Vorzimmer ging ein Sanitärraum ab, der Badewanne, Waschbecken und Toilette besaß.

Im ganzen sechsstöckigen Wohngebäude weiteten sich entlang der Durchgangsflure die Wohnzellen. Die Flure verbanden zwei Fahrstühle und Treppen. Auf jeder Etage gab es zudem noch zwei Küchen und zwei Fernsehnischen sowie einen Verwaltungsraum für den Etagenerzieher. Nachts blieb aber nur jeder zweite

Verwaltungsraum besetzt, so dass zwangsläufig allerlei Schabernack getrieben wurde und sich auch Pärchen zueinander fanden. Aufheiternd sprangen Feten an, mit den Erziehern wurde Hase und Igel gespielt, indem mal an einem Flurende und mal am anderen Flurende Gegenstände schepperten oder herumgeschrieen wurde. Da Alkoholverbot im Internat herrschte, entwickelte sich das Schmuggeln von Bier und Schnaps zum Volkssport.

Auf ungeraden Etagen wohnten die Mädchen, auf geraden Etagen die Jungen. Zum Spaß wechselten Rondor und seine Kumpanen auch mal die Parzellentüren der Mädchen aus, so dass sie am nächsten Tag nicht zuschließen konnten. Oder ein Andermal stellten sie die Wecker in die Wanne, schlossen sich ein und gingen früh nicht zur Schule. Nach dem Ausschlafen riefen sie um Hilfe und schoben alles auf das dritte Lehrjahr. Aus der Mensa durfte Essen auf Plastiktellern in den Wohnbereich genommen werden. Die Teller flogen wunderbar durch die Lüfte und zerschellten auf dem Parkplatz. Wer wie Rondor einmal erwischt wurde, in die Fänge der Erzieher geriet, musste zur Strafe den Unrat rings um das Internat auflesen: vor allem benutzte Tampons und Kondome.

Rondor lebte sich gut ein, beherrschte den Unterrichtstoff, gehörte zum besseren Durchschnitt. Von den Lehrern wurde er als ruhiger, sachlicher Lehrling eingeschätzt, dessen intellektuelle Fähigkeiten sich sehr gut entwickelten. Er eignete sich rasch einen rationellen Arbeitsstil an, bewältigte mühelos die vielfältigen Anforderungen. Dabei fiel auf, dass er genau beobachtete und analysierte, Wesentliches und Zusammenhänge leicht erfasste. Als Verantwortlicher für einen Lernzirkel gab er sein Wissen bereitwillig an andere weiter. Er formulierte seine Aussagen knapp und präzise, wurde im Kollektiv anerkannt und geschätzt. Obwohl er für zahlreiche Kreis-, Bezirks-, DDR- Einzel- und Mannschaftswettbewerbe im Schach vom Unterricht freigestellt wurde, war er immer auf der Höhe seiner Aufgaben und erhielt das Abzeichen „Für gutes Wissen" in Gold.

Jugenderlebnisse breiteten ihr Gefieder, förderten auf ihre Weise den ganzen Menschen.

In der Freizeit liebte Rondor Neue Deutsche Welle- und DDR-Rockmusik, besuchte wie alle Teenager die hauseigene Mensadisco. Hier lernte er auch seine erste Freundin Lilia kennen, welche wie er aus Dresden stammte. Vielleicht befiel ihn ein erster Blutrausch, kribbelte ihn ihr Hang zum Selbstmord, da sie sich schon mehrere Male am Handgelenk die Pulsader aufgeschnitten hatte, doch in jedem Fall gerettet wurde.

„Nimmst Du die Pille?", fragte er sie am Abend.

„Ja.", antwortete sie hocherfreut.

Einige Wochen traf er sich mit ihr regelmäßig, ging manchmal mit ihr essen. Allerdings konnte er nicht viel mit ihr anfangen, außer in Schäferstündchen sah er keinen Sinn in seinen Beziehungen mit dem Mädchen, es dauerte nicht lange und sie hatte sich in ihrem Zimmer erhängt - endgültig.

Freitags ging Rondor gern einmal mit seinen Kumpanen in die Alte Linde, eine nahe liegende Gartenkneipe, wo nur 20Pfennig für einen halben Liter Bier auf der Verkaufstafel standen. Kneipenbesuche sogen kräftig nach Feierabend, oft gab es etwas zu erleben, beispielsweise als Rondor an seinem 17.Geburtstag vier Klassenkameraden freihielt:

Rauch und Gemurmel schwängerten die Luft, es roch nach verschüttetem Bier. Ein Betrunkener torkelte aus der Toilette, schwankte und riss mit seiner Jacke mehrere Biergläser von den Tischen. Er hatte seinen Stuhl noch nicht erreicht, als ihm jemand von hinten ein Bierglas auf den Kopf schlug. Der Torkler ging zu Boden, gab keinen Laut von sich. Seine Tischgefährten sprangen auf, warfen nun ihrerseits Biergläser zur vermeintlichen Gegenpartei. Innerhalb von Sekunden waren circa dreißig Männer in eine Schlägerei verwickelt. Sie brüllten, gingen mit zertretenen Stuhlteilen aufeinander los. Auf dem glasübersäten Holzboden bildeten sich Bierpfützen und Blutlachen. Auch Rondor und seine vier Kumpels wurden angegriffen. Sie sprangen auf, versuchten langsam in Türreichweite zu gelangen. Vor ihnen zückte ein Vietnamese ein Messer, stach seinem Kontrahenten mehrmals in den Bauch. Auch die Freunde des Vietnamesen holten nun ihre Messer hervor und hielten die anderen in Schach. Die fünf Lehrlinge schafften es, sich beinahe unbemerkt aus der Kneipe zu stehlen, sie stolperten ins Freie. Nach fünfzig Metern Fluchtweg fuhren mehrere Polizeieinsatzwagen an ihnen vorbei, blieben vor der Kneipe stehen. Unsere Freunde verschwanden erleichtert.

Zu einer anderen Zeit schlenderte Rondor mit seinem Zimmerkameraden Frank aus der Stadt, lief Richtung Unterkunft. Zehn Fleischerlehrlinge begegneten ihnen auf dem breiten Fußweg. „Was glotzt du mich so blöd an, du willst wohl paar auf die Fresse haben.", pöbelte der Anführer.
„Wollen wir kämpfen?", provozierte nun Rondor, ließ sich nicht einschüchtern und ging mehr zur Abschreckung als durch Können in Karatestellung.
Der Fleischergeselle in etwas stärkerer Statur als Rondor stellte sich gegenüber, hob seine Fäuste. Die Anwesenden bildeten einen Kreis, die Kontrahenten fixierten sich, drehten sich in der menschlichen Absperrung. Plötzlich rannte der Fleischer auf Rondor zu und wollte ihn niederboxen. Rondor wich blitzschnell aus, stellte ihm versehentlich ein Bein, so dass dieser unglücklich aufschlug und sich die linke Hand brach.
„Komm!", rief Rondor. Er und sein Zimmergenosse preschten aus der Umklammerung, rannten auf das Internat zu. Die Fleischerlehrlinge waren zu überrascht, um ihnen schlagartig zu folgen; so gelang es ihnen in das Internat zu entkommen. Doch die Rache blieb nicht aus. Der Anführer, nun mit eingegipstem Unterarm, ließ alle Fahrstuhleingänge überwachen und erfuhr die gesuchte Zimmernummer. Die Fleischerlehrlinge stürmten in Rondors Zimmer, ein Kräftiger hielt dessen Zimmerkameraden zurück. Zwei griffen sich unseren Helden und hielten ihn so, dass der Anführer ihm mit voller Kraft zweimal ins Gesicht schlagen konnte. Rondor blutete sofort aus Nase und Augenbraue, schrie

ohrenbetäubend grell, womit die Gesellen von ihm abließen und das Zimmer räumten. Zum Glück war seine Nase nicht gebrochen und der Streit mit dieser Aktion beendet. Trotzdem ging er künftig lieber auf die andere Straßenseite, wenn sich diese Horde näherte und ignorierte die aggressiven Verbalattacken…

Gigantisch vibrierte ein Musikfestival auf dem Bildungsgelände und seiner Umgebung. Der Schulplatz schmückte sich mit einer gewaltigen Bühne, Fernseh-Discobeleuchtung und riesigen Boxen. Eine Tanzfläche, Stühle, Getränkestände sowie Imbissbuden rahmten das Geschehen. Hinter dem Internat gastierte zusätzlich ein Zirkus. Endlich tobten mal richtige Jugendangebote, Daueraction. Westdeutschland gab C.C. Catch, BAP und andere Gruppen; aus der DDR reisten die Puhdys, Karat, Silly, City, die Größen der angesagten Rockmusik herbei. Eine ganze Woche dauerte das bunte Spektakel.

„Prost!", rief ihm sein Saufkumpan Ziller entgegen. Er hielt ein volles Bier in der Hand und pinkelte zwischen den Stuhlreihen mitten auf den Platz.

„He, Du Drecksau, Dir ist wohl gar nichts peinlich!", kommentierte Rondor „…ein paar Biere musst Du aber noch mit mir einnehmen…"

Seine Schulkumpanen stimmten bei: „Der Ziller ist wirklich ein Ferkel."

Angewidert liefen andere Gäste vorbei. Rondor bewegte sich mit dem Strom nach vorn zur Bühne, hob die Arme - ein Paar im Menschenmeer - und jubelte den Puhdys zu, versuchte mitzurocken. Sie sangen: „Ich war im Knast, hab viel verpasst.", der Maschine genannte Sänger zwinkerte ihm zu. Die Masse tobte. Vom Gruppenspektakel berauscht wandte sich Rondor einige Lieder später trunkenhaft ferngesteuert zum Zirkusareal.

„Hallo!", lallte er, als er einen der Wohnwagen betrat, „Ich wollte mal kurz hineinschauen." Drinnen schminkte sich gerade ein Clown. „Hallo, komm ruhig herein. Ich liebe überraschenden Besuch. Ich heiße Dieter und Du?"

„Rondor, ich bin hier Schüler."

„Oh, ich mag Schüler. Setz Dich ruhig. Gleich kommt auch noch der Manfred. Möchtest Du nicht mit uns ziehen. Wir suchen immer junge talentierte Schausteller. Du gefällst mir sehr gut. Ich könnte mich glatt verlieben."

„Besser nicht.", erwiderte schwankend Rondor.

„Verkaufst Du mir Dein T-Shirt? Das ist doch bestimmt aus dem Westen und ich mag so bunte gestreifte T-Shirts mit kleinen Löchern."

Rondor sah an seinem schwarz-weiß-rot gestreiften Shirt herab.

„Was zahlst Du denn?"

„Ich gebe Dir 150 Mark."

„Ok." Rondor entblößte seinen Oberkörper und gab das Kleidungsstück dem Clown. „Dankeschön.", flötete der bemalte Mann und berührte mit seinem Zeigefinger Rondors linke Brustwarze.

„Finger weg! Und Geld her."

„Ja, ja." Aus einem Schubfach wurden Scheine herausbefördert, gezählt und Rondor in die Hand gedrückt.

„Danke", sprudelte Rondor und stieß die Ausgangstür auf.

„Schatz, Du verlässt mich wieder?"

„Ja, für immer." Rondor knallte die Tür zu.

Zeugnisse nahten!

Einem Schnellzug gleich rollten die Ausbildungsjahre vorüber. Schüler ungewollt stapften abschließende Fleißtests mit ihren langen Greifarmen heran. Die Berufsbildung verlangte schon über längere Zeit turnusmäßige Arbeiten in einem Werk der Deutschen Post, wobei vor allem Wartungsarbeiten in Fernmeldesystemen von einem Lehrmeister begutachtet wurden; zum Ende musste eine schriftliche Arbeit über den Aufbau einer Vermittlungsstelle geliefert werden. Rondor lebte intensiv das außerunterrichtliche Internatsleben. Darauf war es wohl zurückzuführen, dass er falsche technische Daten, die eines anderen Ortes abgeschrieben hatte und gerade so bestehen konnte. Besser lief es für ihn in den

Abiturfächern. Nur eine mündliche und drei schriftliche Prüfungen galten als obligatorisch. Rondor durfte vor der Prüfkommission über die klassische deutsche Literatur referieren. Schriftlich verlangten ein modern sozialistisch geprägtes Werk, abstrakte Mathematik und anspruchsvolle Chemieaufgaben seine hohe Konzentration. Die Lehrer hatten die Abiturienten gut vorbereitet, es bestanden alle und Rondor bravourös. Viele kleine Einsen und Zweien schmückten sein Zeugnis. Die aktuelle Lebenshürde schwand dahin, jeder musste sich für einen oder keinen Studiengang entscheiden und sich über die Betriebsschule an einer einzigen weiterbildenden Einrichtung oder in einem Betrieb bewerben. Auf einer zentralen Abschlussveranstaltung verlas die Direktorin die Antworten unterschiedlichster DDR-Hochschulen und einzelner Betriebe. Rondor erhielt seine Zulassung, er durfte nach der Armeezeit an der Technischen Universität Magdeburg Elektrotechnik studieren.

Zur Fahne

Das rote Preußen besaß im militärischen Bereich sehr nazihafte Züge. In der Armee lebte noch der brutale Drill, die alte Stechschritt-Tradition. Wer zur Musterung antrat, fühlte sich wie in eiskalter Todesnähe oder in einen Film aus dem dritten Reich versetzt. Die Offiziere wirkten Furcht einflößend, keinen Widerspruch duldend und erstickten jeden Ungehorsam im kleinsten Keim. Durch die straff geregelten Jugendorganisationen und den Wehrdienst prägte die Staatsführung ihre Bürger vor; eine Anpassung an den Zivildienst, an Kampfgruppen und an die Nationale Volksarmee gelang nahtlos. Der Kalte Krieg versetzte das ganze Land zur dauerhaften Vorbereitung auf den Ausnahmezustand; zusätzlich prüfte die Staatssicherheit auf zersetzende Elemente, kontrollierte selbst die Diskussionen der Kneipenbesucher. Der Weg in die Erwachsenen-Administrationen lief aber erst einmal über die Wehrpflicht mit Absolvierung des Grundwehrdienstes. Verweigerer hatten mit Repressalien zu rechnen, sie schufteten dann beispielsweise anderthalb Jahre bei den Bausoldatentrupps. Der große Rest folgte hörig den Aufforderungen der Musterungskommission.

Rondor erlebte seine Musterung im Wehramt als eine Folge von Untersuchungen und Befragungen. Körperliche Schwächen und Belastbarkeit sowie Qualifikationen fanden ihren Vermerk durch eine neue Akte. Blut und Urin mussten abgegeben werden, Seh- und Hörtests fanden statt, Gelenke und Rücken wurden begutachtet. Hinter einer Abschirmung saß ein Arzt, der verlangte, dass der Rekrut sich kurz bückte und seine Arschbacken auseinander zog. Er notierte sich einen Satz und schickte den jungen Mann zur nächsten Station.
Der träumt nachts sicher häufig von seinem schmutzigen Job, dachte sich Rondor, und musste innerlich schmunzeln. An der

letzten Station bestätigte er mehrmals, dass er nur achtzehn Monate zur Armee wollte. Zum Schluss wurden die genauen Körpermaße für Schuhe, Uniformen und Mützen genommen. Dann galt es nur noch auf den Einberufungsbefehl zu warten.

Nachts um 22 Uhr mussten sich die Jungsoldaten mit ihrem Gepäck am Neustädter Bahnhof in Dresden treffen. Nach der Anwesenheitskontrolle wurden sie zwar nicht in Güterwaggons gepfercht, aber die Atmosphäre von „an die Front" füllte jeden einzelnen Rekrutenkörper mit einem Hauch Abschied vom Leben. Die ganze Nacht fuhren sie durch, im Morgengrauen stiegen sie auf Busse um und mit leeren Mägen langten sie an einer Kaserne bei Rostock an. Auf dem Appellplatz hieß es, sich in Ausbildungsgruppen stramm hinzustellen, dann wirkte eine generalstabsmäßige Verteilung auf die Massenunterkünfte. Rondor und seine Kameraden erhielten einen Offiziersanwärter als Gruppenleiter, welcher sie von nun an zu allen Lerneinheiten der Kriegskunst begleitete. Zuerst begann die vollständige Einkleidung, danach das Einräumen der Spinde, am Nachmittag wurde schon exerziert. Vor allem harte sportliche Aspekte lagen in den nun folgenden sechs Wochen im Vordergrund. Kriechen, Klettern, Springen, Abtauchen im Fuchsbau übten die neuen Soldaten. Schon am frühen Morgen vor dem Frühstück hieß es Kraftsport treiben. Hinterher ging's öfter auf die Sturmbahn. In den Theoriestunden lernten sie verschiedene Dienstgrade kennen und welche Not-Spritze wann in den Oberschenkel gejagt werden musste. Zur Verschärfung trieben sie ihren Armeesport mit Gasmasken, rannten mit ihren schweren schwarzen Stiefeln. Zur Erholung gab es zwischendurch Schießübungen. Die Essenpausen waren viel zu kurz, so dass die Fülligeren unter ihnen nie satt wurden. Sechs Wochen – ein einziges Gehetze – schliffen sie vor, gewöhnten sie an den straffen Militäralltag. Nicht nur Rondor, wohl jeder schien erleichtert, als die ersten sechs Wochen vorüber waren und sie ihr Treuegelübde abgelegt hatten.

Nun erfolgte eine Aufteilung zu den jeweiligen Heimatkasernen. Rondor schickte man zum Marine - Hubschrauber - Geschwader nach Stralsund.

Der Empfang in der Stralsunder Kaserne bedrückte enorm. Bei der sozialistischen Armee existierte die ungeschriebene Entlassungskandidaten- oder E- Bewegung. Ältere Diensthalbjahre drangsalierten jüngere Diensthalbjahre. Wurden die jüngeren Diensthalbjahre älter, taten sie wiederum das gleiche mit den Neuen. Vor allem hieß das, nur die Neuzugänge schrubbten die Zimmer, Flure und Klos; bei allen unangenehmen Aufgaben mussten sie zuerst einspringen. Das funktionierte recht gut, da die Älteren zusammenhielten, den Unteroffizier vom Dienst stellten und die höheren Offiziere sich dadurch nicht um die Disziplin der Truppe kümmern mussten. Nach der Umkleidung von Feld- in Marineuniform bekam Rondor mit zwei anderen Matrosen gleich am ersten Abend den Auftrag, Rein-Schiff im Zwölfmannzimmer zu machen, in welchem sie wohnten. Dabei mussten sie auch unter den Spinden kehren, wischen und keulen. Keulen nannte sich die Beschäftigung nach dem Bohnern des Fußbodens. Dazu existierte ein rechteckiges Metallgewicht mit untenliegender Bohnermatte und einem klappbaren Stiel. Nach getaner Arbeit prüften die Vizes, Matrosen des zweiten Halbjahres, ob alles ordentlich vollbracht war; wenn nicht, ging die ganze Reinigung von vorne los. Die Neuen bezeichneten sie dabei als Spitze oder Dachse oder Glatte – sehr entwürdigend; aber die Neuen besaßen keine Chance sich zu wehren. Das dritte Halbjahr konnte auch über das zweite Halbjahr entscheiden, zählte schon die Tage bis zur Entlassung und trug ein Maßband bei sich, von dem täglich ein Stück abgeschnitten wurde. Dafür hatten sie künstlerische Behältnisse geschaffen, welche den Armeegegenständen in Miniaturform, wie Wasserflaschen, Lastkraftwagen oder den Kasernengebäuden glichen. Die Neuen bekamen anfangs Erleichterung, denn zuerst fuhren sie für vier Wochen zur Ausbildung ins Rote Luch – eine Kaserne in Berlin Strausberg. Dort zählte vor allem die tägliche

Technikerschulung. Rondor wurde mit zweitem Mann für das Funkfeuer ausgebildet, besser gesagt an einer Sende-Empfangsanlage, welche jeweils 1000 Meter vor Haupt- und Nebenlandebahn der Hubschrauber ihren Standort fand. An den russischen Modulen mussten täglich Funktionstests und regelmäßige Wartungen durchgeführt werden. Die Antenne bestand aus mehreren Adern, war etwa 80 Meter lang und 20 Meter hoch und hing gespannt zwischen zwei Masten. Diese wurden eigens zur Pflege der Antennenkabel ab und zu umgelegt.
Mangels anderer Beschäftigung lernte Rondor zügig und erhielt für seinen Top-Abschluss einen Tag Sonderurlaub verliehen.

Zurück in Stralsund begann nun für ihn und die Anderen die eigentliche Dienstzeit. Nach dem täglichen 3000 Meter – Lauf, dem Frühsport, folgte die Morgentoilette, mussten die Betten und Zimmer hergerichtet werden. Darauf begann der Abmarsch in den Frühstücksraum für Matrosen und Unteroffiziere. Endlich erhielten sie ein wenig mehr Zeit für die Essensangelegenheiten. Doch die Neuen mussten Lebensmittel sammeln, damit das zweite und dritte Halbjahr auf den Stuben essen konnte. Die Neuen waren also noch zusätzlich in ständigem Versorgungsstress. Um 8 Uhr fand der Morgenappell statt und jeder Matrose erhielt seinen Tagesbefehl. Dazu gehörten Besorgungsaufträge mit den W50-LKW, Reparaturen und Kontrollen an der Flugdiensttechnik aber auch Küchendienste oder Vorbereitungen auf Härtetests.
Verhasst unter den Matrosen und als Strafmassnahme bekannt war die Küchenschufterei. Schon um 4 Uhr mussten die Hilfen anfangen, den ganzen Tag fast pausenlos Unmengen von Lebensmitteln auf Teller verteilen, Essenreste in den Müllraum schleppen, die Küchenräume schrubben, riesige schwere Kessel reinigen und sie auf meterhohe Küchenregale bugsieren. Die durchgehende Vollbeschäftigung dauerte bis abends 19 Uhr.
Übel aufgenommen wurden auch Härtetests, vierteljährlich stattfindende Kriegsübungen, begleitet von einem 20 km – Marsch

in voller Ausrüstung. Manch einem bluteten danach die Füße oder sie bestanden nur noch aus Blasen.

Einzige Freude flirtete mit Rondor, wenn er nach Dienstschluss einmal Ausgang bekam. Vor allem hieß es draußen *Tassen hoch!* und Schnaps schmuggeln, da sich eine hochprozentige Flasche recht gut im Ärmel verstecken ließ. Draußen wirkten die Zivilisten wohltuend entspannend und bewusster denn je genoss Rondor die kurz geschenkte Freiheit. Meist konnte er wirklich nur ein wenig einkehren und sich bei besserem Essen bewirten lassen, seltener standen Kulturveranstaltungen auf dem Programm. Auf einem Jahrmarkt besuchte Rondor eine Wahrsagerin. Er musste seine Hand mit der Innenseite nach oben auf einen Tisch legen, die alte Frau betrachtete sie, dann hörte er ihre Analyse:

Großzügigkeit und Würde sind zwei Ihrer Eigenschaften. Ihrem Urteil kann man voll und ganz vertrauen. Sie besitzen einen sechsten Sinn für Situationen, die nicht ganz sauber, rein sind. Ihr Spürsinn verrät Ihnen, wann Sie ihre Richtung ändern müssen. Das Alltagsleben meistern Sie mit ungewöhnlicher Abgeklärtheit und sind als Feinschmecker kulinarischen Genüssen nicht abgeneigt. Sie besitzen ein überdurchschnittliches Potential an Kreativität und können Menschen begeistern. Ihre Voreiligkeit kann sich in manchen Fällen als nachteilig erweisen, in Ihrem Leben werden Sie es sehr, sehr weit bringen.

Er gab der Frau fünf Mark.
Wichtig war außerhalb der Kaserne vor allem ein stets tadelloses Auftreten, sonst konnte die Militärpolizei den Sünder abführen und tagelang ins Gefängnis stecken.

Nach einem halben Jahr Dienstzeit wurde Rondor zum Spieß bestellt, dem fiesen Vorschriftsfähnrich für innere Ordnung. Normaler Weise erhielt er von ihm bösartige Aufträge. Dieses Mal sagte er nur:

„Im Nebenzimmer wartet ein Offizier der Staatssicherheit auf Sie und will sich mit Ihnen unterhalten. Benehmen Sie sich Morgenstern!"

Rondors Begrüßung verlief überraschend freundlich:

„Guten Tag! Setzen Sie sich! Ich bin Major Lehmann aus dem Ministerium für Innere und Äußere Sicherheit und habe einige Fragen an Sie.", er gab Rondor hinterm Schreibtisch sitzend die Hand und Rondor setzte sich.

„Wie geht es Ihnen?"

„Eigentlich recht gut."

„Sie haben nun einige Zeit unserem Land gedient. Wie sieht Ihre Zukunft *nach* der Armeezeit aus?"

„Ich habe Abitur gemacht und möchte ein technisches Studium beginnen. Dafür habe ich eine Zusage von der Universität Magdeburg."

„Aha, sehr gut. Ich schlage Ihnen nun außerdem ein Mitwirken im Staatssicherheitsdienst der DDR vor. Bei uns arbeiten viele intelligente Leute. Das abwechslungsreiche Engagement wird zusätzlich honoriert und vielleicht ist auch mal eine Reise in das westliche Ausland drin. .... Ihre Tätigkeit wäre sehr Karriere fördernd. Was meinen Sie?"

„Ich glaube, der Geheimdienst wird mir zu viel, ich bin froh, wenn ich meine künftigen anstehenden Aufgaben meistere. Mein Elektrotechnik-Studium wird sehr anspruchsvoll. Vielleicht später einmal. ..."

„Das könnte trotzdem eine Bereicherung für Sie werden. Brauchen Sie kein zusätzliches Geld fürs Studium?"

„Doch, schon. Im Moment möchte ich mich aber noch nicht dafür entscheiden und mich festlegen."

„Es bleibt Ihre freie Entscheidung. Ich gebe Ihnen meine Telefonnummer, falls Sie es sich anders überlegen."

„Danke."

„Dann möchte ich Sie nicht länger festhalten, ich hoffe, Sie rufen mich an. Auf Wiedersehen."

„Auf Wiedersehen."

Noch einmal schüttelten sie sich die Hände. Rondor stand auf, schloss hinter sich die Tür. Der Spieß vom Nebenzimmer war verschwunden und ohne sich umzublicken lief der Matrose schnell und leichtfüßig in seine Unterkunft.

Nach diesem kurzen Hin und Her hatte sich der junge Mann aus den Schlingen herausgewunden und lästige zusätzliche Verpflichtungen abgewimmelt, er ging ohne Zusage.

Der normale Dienst gestaltete sich glücklicher Weise ruhiger. Manchmal schob Rondor Dienst an der Barkasse, hörte das Funkgerät ab; bei Hubschrauberabsturz sollte dieses Boot die Überlebenden retten. Rondor durfte aber öfter auf den Sendestützpunkt außerhalb der Kaserne und übernachtete dort mit einzelnen Kameraden, da Flüge der Hubschrauber sehr früh, sehr spät oder nachts stattfanden. Jeden Tag wurden die Notstromaggregate geprüft sowie eine Eichung der Geräte vorgenommen. Ständiger Funkkontakt zum Tower musste gewährleistet sein. Der Stützpunkt war weiträumig eingezäunt, enthielt in der Mitte einen atomsicheren Bunker für die Technik; dazu gesellten sich die Antennenanlage und wie ein Wohnwagen aussehendes Gebäude. Ein ziviler Schäfer durfte hier seine Schafe grasen lassen. Auf dem Außenposten lebten sie zu viert; zwei hatten Dienst, zwei hatten Ruhepause. Der Dienst lief rund um die Uhr, einmal in der Woche brachte ein LKW Verpflegung oder eine Ablösung für das Personal.

Vielfache Propellerschläge dröhnten während des Flugdienstes aus Richtung Landefläche durch die Lüfte, im Halbstundentakt starteten und landeten waffenverstärkte Marine-Hubschrauber. Sie kontrollierten vor allem die Staatsgrenze zur See, selten fanden Lastflüge statt. Jedes Mal war ein Großteil des Bodenpersonals eingespannt, verbrachte die Stunden mit Konzentration auf unterschiedlichste Flugmaßnahmen. Für Rondor bedeutete der Dienst das Tragen von Kopfhörern im Bunker und dauerhaftes Abhören der Flughafenkennung, eine Anwesenheits- und Aufmerksamkeitsbeschäftigung von bis zu 12 Stunden am Tag.

Normalerweise traten keine ungewollten Vorkommnisse auf, Gewitterflüge blieben den Russen vorbehalten.

Durch diese Abwechslung, mal Sendestützpunkt - mal Kaserne, lief Rondors Armeetätigkeit für DDR-Verhältnisse zügig vorbei, nur anderthalb Lebensjahre waren aus seiner Sicht verloren gegangen. Einen Tag verbrachte er ausnüchternd im Militärgefängnis, denn am letzten Abend hatte er angetrunken den Politoffizier der Kompanie mit verbalen Attacken belegt:
„…Rote Zecke…Deine letzten Stunden sind angebrochen…Ich gehorche Dir nie wieder!!!…". Nach Absolvierung seiner Pflichtzeit und seinem zusätzlichen Straftag verließ er zivil gekleidet die blaue Marine. Schaukelnd, in einem typisch-tarngrünen W50-LKW fuhr er als gedienter Obermatrose nach Hause.

Polizeieinsatz

Unweit vom Hauptquartier des Ministeriums für Staatssicherheit und mit ihm vorsorglich über Bunkersysteme verbunden streckte sich die landeszentrale Polizeikaserne. Vierundzwanzig Stunden am Tag beheimatete sie die oberste Führung der Zivilpolizei, Verwaltungseinheiten, unterschiedlichste Dienste und Sondereinsatzkommandos. Zweckdienlich verwendete die Befehlsgewalt Gebäude und Übungsplätze eines ehemaligen Husarenregimentes.

Regelmäßig, einmal in der Woche verließ der weißhaarige Innenminister sein Ministerium und belegte sein eigens eingerichtetes Büro, um sich ein Bild über die aktuelle Lage im Land aus Sicht der Einsatzkräfte zu holen und Befehle weiterzugeben. Er fühlte sich wohl in seinen Kasernen, wurde ohne Einschränkung akzeptiert.

Es klopfte laut vernehmbar an seiner Tür.

„Herein bitte!", die Tür öffnete sich vorschriftsmäßig.

„Ach, Genosse Fuchs!"

„Guten Morgen, Genosse Minister.", leise verschloss er die Türöffnung wieder.

„Guten Morgen. Ich gratuliere Ihnen noch ausdrücklich zur Beförderung. Die Partei ist mit Ihnen überaus zufrieden. Nun sind Sie also unser oberster Polizeichef."

„Jawohl, Genosse Minister."

„Na dann schießen Sie mal los. Was gibt es Berichtenswertes aus unserem Lande?"

„Die Zahl der Verkehrstoten bleibt rückläufig, es gab auch weniger kriminelle Delikte als im Vormonat. Unsere zusätzlichen Kräfte zahlen sich langsam aus. Den genauen Bericht kann ich Ihnen bereits vorlegen.", er legte eine dicke rote Mappe auf den Schreibtisch.

„Eine Angelegenheit bereitet uns allerdings Sorgen. Laut dem inoffiziellen Mitarbeiter Schulze von der Abteilung 1 - innere Sicherheit - gibt es verstärkte Aktivitäten zu destruktiver Propaganda in Berlin. Zahlreiche Plakate und Flugblätter an öffentlichen Plätzen greifen mal aggressiv, mal ironisch die Partei- und Staatsführung an. Ich habe Ihnen einige Ablichtungen beigelegt. Verbindungsmann Schulze berichtet regelmäßig. Der nächste Termin der ausschlaggebenden Künstlerzelle ist uns bekannt."

„Haben Sie schon Querulanten verhört?"

„Nein."

„Dann schlagen Sie endlich zu und nehmen Sie unsere Staatsfeinde fest!"

„Jawoll, Genosse Minister!", er salutierte.

Kurz darauf fand eine ausgiebige Vorbesprechung im größten Beratungssaal des DDR-Geheimapparates statt. Generaloberst Fuchs wies höchst persönlich den Bereitschaftsdienst ein. Er informierte circa eine Hundertschaft über die neuesten Erkenntnisse. Seit Monaten suchte die berliner Kriminalpolizei nach allen Urhebern aufrührerischer Flugblätter, die ganz Berlin Diskussionsstoff lieferten. Originelle literarische und musikalische Textformen auf knallbunten A5-Zetteln verarbeiteten die Liefer-Engpässe in Betrieben und Läden, fehlende Offenheit der Medien, geistige Unterdrückung und prangerten geistreich die Obrigkeit an. Auf der Rückseite befanden sich stets politische Witze und natürlich keine Absender. Geschickt wurde mit Festnahmen gewartet, bis Informanten eingeschleust und fast hundertprozentige Informationsgewissheit über die Verursacher herrschte. Auf der riesigen Stadtkarte an der Wand umzingelten Stecknadelköpfe das Widerstandsnest, leuchteten Anfahr- und Abfahrrouten sowie eingezeichnete Zeitfenster. Jede kleinere Einheit erhielt ihren Führungsoffizier und Festlegungen zur Spezialausrüstung. Hinweise und Meinungen der Offiziere prägten kurz das

Geschehen, dann stand das schlagkräftige Kontingent und der Dienstplan war vorbereitet.

Zum Termin munitionierten die Teilnehmer ihre Handfeuerwaffen auf, legten schusssichere Westen an, zogen ihre grünen Uniformen darüber, verstauten jeder einen Gummiknüppel und griffen nach ihren weißen Schutzhelmen.

Wie geplant erfolgte der Überraschungsangriff. Beobachter meldeten Vollzugsmöglichkeit und von allen Seiten drangen die Polizisten Richtung konspirative Sitzung. In der Wohnung eines dritten Hinterhofes saßen die Künstler um eine Ansammlung geöffneter Weinflaschen und versuchten sich an einem Lied „Mangelsozialismus". Nach dem Klingeln öffnete ein verdutzter Student, er und alle anderen wurden auf den Boden gezwungen und mit Handschellen versehen, dann in die bereit stehenden Lastkraftwagen verfrachtet. Außerdem stellten die Polizisten unzähliges Beweismaterial sicher. Auf kürzestem Wege fuhren alle zurück ins Stammquartier und verteilten die Delinquenten auf Einzelzellen.

„Mit welchen Saboteuren aus dem kapitalistischen Ausland arbeiten Sie zusammen?", begann stets das Verhör mit dem Kritiker. Dabei saß der Gefangene einem Staatssicherheitsoffizier gegenüber, der alles per Tonband aufzeichnete und Protokoll führte. Hinter ihm standen zwei einsatzbereite Wachmänner.

„Agieren Sie für einen Geheimdienst? Woher haben Sie ihre Informationen? Ihre Freiheit ist dahin, wenn Sie weiter gegen unsere Republik agieren. Zur Strafe gibt's heute kein Abendbrot."

„Die Sprüche und vertonten Texte haben wir gemeinsam erarbeitet, um Missstände im Land zu kritisieren.", hieß es auf die eine oder andere Art von dem Betroffenen.

„Ihre Mitstreiter haben Sie stark belastet. Sie bleiben so lange hier sitzen, bis Sie mir die Wahrheit gesagt haben!"

Nach einigen Tagen Folterung durch Schlafentzug verließen die Sträflinge ihre Unterkunft in verdeckten Güterfahrzeugen Richtung Stasi-Knast Hohenschönhausen.

„Wer spricht oder sich daneben benimmt, bekommt den Gummiknüppel zu spüren.", hörten sie vor der Fahrt. Hinter Gittern schmolzen fünf Jahre ihres Lebens dahin.

Großes Regierungsbankett.

„Gibt es etwas Neues Genosse Fuchs?"

„Alles ruhig, Genosse Staatsratsvorsitzender. Die Bevölkerung geht ihren Angelegenheiten nach. Unsere Werktätigen sind beschäftigt."

Im Studium

Die Otto von Guericke – Stadt Magdeburg empfing ihre neuen Studenten. Ein riesiges Streifen-Thermometer an der Seite eines Zugangsgebäudes beglitzerte die Universität aus der Ferne. Zahlreiche gräuliche Quaderbauten wuchsen zu einem Gebäudekomplex, welcher neben Lesesälen, Übungsräumen und Laboren auch die Bibliothek, Studentenwohnheime sowie die Mensa verinnerlichte. Schmutzige elfenbeinfarbene Straßenbahnen fuhren daran vorbei und wirbelten den Straßenstaub bis zu fünf Meter in die Höhe. In den Gebäuden arbeitete eine lobenswerte Organisation, jeder - der von außerhalb anreiste - bekam trotz Knappheit einen Wohnheimplatz. Nicht immer gab es viel Raum in den Zwei- und Dreimannzimmern, so belegte Rondor mit einem zweiten Mitstudenten eine umfunktionierte Besenkammer. Separat existierten ein Kühlschrankraum, Waschräume und Toiletten. Sie waren eigentlich recht gepflegt, nur über die Spiegel der Toiletten hatte jemand in unverwüstlichem Rot *Penis + Vagina* geschrieben. Man konnte leben, in der Mensa preiswert speisen und die meisten hatten sowieso vor, jedes Wochenende nach Hause zu fahren. Das Lern-Umfeld konnte vor den Studenten bestehen.

Zur Erntezeit fehlten in der DDR stets Hilfskräfte. Produktionsbetriebe mussten Mitarbeiter dafür abstellen, an den Hochschulen schickte man das erste Semester vor dem eigentlichen Unterrichtsbeginn drei Wochen in den Einsatz. Zum Kennenlernen anderer Studenten und zur Bildung eines kollegialen Gemeinwesens eignete sich die Maßnahme recht gut, nur stellte sich die Frage nach sinnvoller Arbeitsteilung in der sozialistischen Volkswirtschaft.
Rondors Seminargruppe reiste Richtung Grenze nach Salzwedel und bezog in einer Halle mit Doppelstockbetten Quartier. Früh gegen drei Uhr drangen Pfiffe durch die Gänge. Beinahe Armee

mäßig standen alle pünktlich an den Kartoffelsortieranlagen. Bis abends 17Uhr wurde sortiert, trotz eines Kleingeldes empfanden es die Studenten als reinste Ausbeutung. Zünftig fröhlich verliefen dagegen die Pausen mit deftigem Essen aus der Bauernküche, am Abend spielten sie Skat und es lockte öfter die Dorfdisco. Rondor lernte eine Schönheit aus der Umgebung kennen. Nach der kurzen Liebesnacht bezog er Prügel von einem Bauerntölpel, ihrem Freund, der ebenfalls in der LPG arbeitete. Geübt schlug er Rondor mehrmals in den Magen. Seine Semesterkameraden konnten den Rüpel vertreiben und künftig fernhalten. Die restliche Zeit verlief für unseren jungen Studenten ohne Schläge.

Tagesfüllend lag bald danach der Stundenplan in Rondors Händen. Unleserliches auf Tempo von der Tafel abschreiben und abends versuchen zu lernen, bedeutete sein Studium. Fertige Scripte und allgemein zugängliche Kopierer lagen damals noch in weiter Ferne. Fachbücher blieben in der Bibliothek stets vergriffen, also tauschten sich die Kommilitonen einer Seminargruppe oft nur ein einziges Exemplar. Durch gemeinschaftlich vorgeschriebene Veranstaltungen und Übungen entwickelte sich ein gewisser Zusammenhalt unter ihnen. Erstmals lernten sie die Relativität aller Dinge kennen, sprich schlechter angesetzte Benotungen, komplexer und schwieriger gewordene Aufgaben. Zeiteinteilung, Blaupapier zur Mitschriftkopierung in den Vorlesungen und das *Über den Dingen* stehen erleichterten von nun ab den Alltagsstress. Die Belohnung erschien als geistige Öffnung der Studenten nach höheren abstrakten Welten.
Erste Sterne der Studentenschaft zeichneten sich ab. Schneller als andere begriffen sie schwierige Probleme schon in den Vorlesungen. Rondor besaß den Drang nach Außergewöhnlichem zu streben, er suchte und wusste noch nicht, wohin er zielen sollte. Er blieb eher durchschnittlich in der wogenden Masse, sehnte sich nach dem Leben, brauchte ab und an eine studentische Spelunke, liebte gekühltes Magdeburger Diamantbier. Der ziemlich schlagartig aufgetretene Leistungsdruck schrie nach einem

Gegenpol. Geistreiche Gespräche machten die vielen Feiern reicher, erreichten aber nicht mehr den Frohsinn der Abiturzeit.

Nebenbei versuchte er seinen Führerschein zu machen und musste wie andere Teilnehmer mit Kaffee-Päckchen die Sachbearbeiter der Fahrschule bestechen, um Fahrtermine zu erhalten. Der circa fünfzigjährige mürrische Lehrer beschimpfte Rondor jedes Mal, wenn er einen Fehler ausführte.
„Vielleicht fahren Sie mal etwas vorausschauender! Weshalb habe ich wohl gerade gebremst?"
„Keine Ahnung.", antwortete er lang gezogen.
„Ich schmeiß Sie gleich raus!"
„Dann komme ich nicht wieder."
„Dann kommen Sie am besten nie wieder."
Sicherheitshalber gab er seinem tollwütigen Fahrmeister 10Mark Trinkgeld, um doch wiederkommen zu können. Damit war dieser stets beschwichtigt und sagte sogar:
„Bis zum nächsten Mal. Ich hoffe Sie sind dann konzentrierter."
Nach vielen Monaten erhielt er die damals so genannten Fleppen, den Führerschein für Pkw.

In Leipzig begannen erste Ausschreitungen, eher friedliche Demonstrationen gegen die Versorgungsmissstände, für einen besseren Sozialismus. Die Teilnehmer konnten noch nicht ahnen, was sie einmal erhalten würden, freie Meinungsäußerung sollte es aber schon sein. Allmählich schwappten die stillen Proteste auch auf die anderen Großstädte über. Magdeburg konnte Rondor erleben. Mehr aus Neugier, denn aus Überzeugung ging er mit, hörte sich im Dom freie Reden an. Mehrmals wurde er von der Einsatzpolizei eingekesselt. Doch er gab einfach wie ein Staatssicherheitsoffizier den Befehl:
„Lassen sie mich mal durch bitte!!!", und die Barriere öffnete sich stets bereitwillig.
Wir sind das Volk – Rufe wurden jedes Mal lauter und häufiger, der Zusammenbruch eines Staates lag in spürbarer Reichweite.

Für Frieden und Sozialismus verlangte der Staat im dritten Semester eine militärische Weiterqualifizierung. Soldaten stiegen zu Unteroffizieren, Unteroffiziere stiegen zu Offizieren auf. Dazu reisten Rondor und die anderen jungen Männer nach Seeligenstädt bei Gera. Sechs Wochen wurden sie gedrillt, über die Sturmbahn gejagt, mit strategischen und taktischen Lehren gequält. Nach der Nacht, in der die Berliner Mauer symbolträchtig fiel, wurden sie entlassen:

„Offiziere zu Busfahrern!" hallte es über den Kasernenhof.

Einmalige Neuzeit war hereingebrochen. Wie würde wohl die Zukunft aussehen? Doch herrschte erst einmal eine Massenbegeisterung und Erleichterung vom Alltagsdasein; wegen fehlender Dozenten fiel manches Seminar aus. Auf dem Campus häuften sich Plakate und Flugblätter bisher ungekannter politischer Richtungen, die Freiheit des Geistes ließ die Herzen aufbrausen. Studenten aus Ost und West trafen sich zu modernen Diskussionen, Rondor wurde nach Karlsruhe eingeladen und er blieb dort, um weiter zu studieren.

In der grünen Fächerstadt konnte er richtiges Studentenleben kosten. Wegen akutem Zimmermangel trat er in einer Studentenverbindung ein, zur Abwechslung und fürs Studium arbeitete er in der Fachschaft Elektrotechnik mit. Einige wenige Fächer bekam er anerkannt, im großen Ganzen begann er aber von vorn mit neuen Lehrplänen. In seiner knappen Freizeit organisierte er Feste und Sitzungen, übte spielerisch für das künftige Berufsleben. Für seine Bundesbrüder - als Mutprobe - focht er einige Male unter dem Motto Vaterland, Freiheit, Ehre und trug auf seiner linken Wange einen altehrwürdigen Schmiss davon.

Nein, es gibt kein schöneres Leben als Studentenleben..., schallte es danach durch das Verbindungshaus. Bacchus und Gambrinus Art sowie die Gesangstraditionen früherer Studenten fanden ausgiebige Pflege. In der Fachschaftszeitung erschienen Beiträge von ihm über Ritterlichkeit in der Neuzeit und Aufrufe zu sozialem Engagement. Zahlreich fiel er durch die Prüfungen, erlebte seine persönlichen Härten.

Entscheidend prägte ihn jedoch seine erste Reise nach Ostpreußen, nach Kaliningrad, dem ehemaligen Königsberg. Über seine Studentenverbindung kam er mit vielen ehemaligen deutschen Bewohnern dieses Gebietes zusammen und erhielt leichten Zugang zu unzähligen Spenden, die er einerseits an einen freiberuflichen Transporteur weiterleitete, andererseits zum Knüpfen von Kontakten verwendete. Überglücklich erhielt er von seiner Zahnärztin eine alte Ausrüstung, welche er dem Kaliningrader Krankenhaus spendete. Ein ostpreußischer Arzt für Inneres versorgte ihn regelmäßig mit Beuteln voller Medikamente.

Auf seiner ersten Ostpreußen-Reise flog er mit der Aeroflot von Hamburg nach Königsberg, bei der ihn ein junger Bundesbruder aus seiner studentischen Verbindung begleitete. Der Flug gestaltete sich abenteuerlich, im Flugzeug kippten teilweise die Sitze nach hinten, so dass man beim Anflug fast auf dem Schoß des Hintermannes lag, die Düsen jaulten ebenso wenig Vertrauen erweckend. Nach vielen Luftlöchern erreichten sie jedoch unversehrt den leergefegten Königsberger Flughafen. Ein Bus transportierte sie ins nächstgelegene Hotel.

Im Ausland trifft man die interessanteren Leute, während ihrer Ausflüge durch das Königsberger Gebiet lernten sie einen berliner Kriminalpolizisten mit seiner Frau kennen. Wie Rondor später erfuhr, hatte dieser als einer von verschiedenen DDR-Regierungs-Beratern fungiert und in der Wendezeit seinen Dienst quittiert. Mit seiner ehemals adligen Frau wollte er sich eine bessere Existenz aufbauen, vielleicht mit neuem Schloss und eigenem Wald. So gab er sich potentiellen Geschäftspartnern, machte sich damit interessanter.

„Schnäppchen über Schnäppchen…", meinte er zu Rondor, als dieser für 12Mark einen Bernstein mit eingeschlossenem Insekt auf einem Markt in Cranz ergattert hatte.

„Hier lässt Deutschland den Hammer liegen. Dafür kann man gut einkaufen.", begann Rondor in Anspielung auf die verfallenen ungepflegten Häuser überall.

„Meiner Frau nehme ich vielleicht eine Kette aus Bernstein mit. Wo kommt ihr her?"

„Wir studieren in Karlsruhe und besuchen die preußischen Urländereien."

„Also habt ihr Semesterferien?"

„Teils, teils… wir hatten auch kleine Spenden dabei."

Bei abendlichem Umtrunk mit ihrem neuen Bekannten tauschten sie ihre Adressen und Telefonnummern aus, erzählten sich stundenlang Witze. Nach ausgiebigen Touristentouren in ihrem Urlaubsgebiet, am Ende ihrer eindrucksvollen Reise sollten sie sich erst auf dem Hamburger Flughafen wieder trennen.

Unterwegs

„An Bahnsteig 3 bitte einsteigen, Türen schließen und Vorsicht bei Abfahrt des Zuges. Vorsicht an der Bahnsteigkante!", verhallte eine weibliche Lautsprecherstimme im Berliner Ostbahnhof. Der Schnellzug russischer Bauart setzte sich Richtung polnischer Grenze langsam in Bewegung, um 20 Uhr 51 waren seine Rücklichter pünktlich verschwunden.

Rondor studierte in seinem Schlafwagenabteil die Landkarte, seine Route führte diesmal über Stettin, Elblag ins Oblast Kaliningrad. Reichlich achtzehn Stunden brauchte dieser Zug für 720 km, nicht gerade zügig. Dafür versprach die Reise angenehm zu verlaufen, das geräumige Abteil war eigentlich für zwei Personen ausgelegt und besaß einen getrennten Waschraum.

Die Tür wurde aufgerissen.

„Ihren Fahrschein bitte!", befahl eine uniformierte Schaffnerin mit russischem Akzent. Sie nahm Rondors Ticket entgegen, knipste ein Loch hinein und riss die Tür wieder zu.

Im langen Sommerlicht genoss der junge Mann die vorbeirauschende Flachlandschaft, träumte vor sich hin, als der Zug hielt und an allen Türen Zollbeamte einstiegen. Sie gingen von Abteil zu Abteil und verlangten lediglich den Ausweis zu sehen. Wenig später zog der Zug wieder an und zuckelte gemütlich über polnisches Staatsgebiet.

Die Mitropa fuhr nur wenige Wagen vor Rondors Schlafplatz. Ein Imbiss im Zug gehörte zum Reiseritual und Rondor begab sich von den Schienenstößen hin- und hergerüttelt in Richtung Zugspitze. Im Restaurant roch es nach Bier und Bockwurst, zwei Kellner arbeiteten hinter dem Tresen und versorgten gebrauchtes Geschirr. Gerade mal drei Fahrgäste standen an einem Stehtisch und wünschten:

„Guten Abend!"

„Guten Abend!"

Bei einem Kellner bestellte Rondor einen Kaffee und zwei belegte Brötchen mit Schnittkäse, bezahlte und ging zu den drei Personen.

„Darf ich mich zu Ihnen gesellen?"

„Nur zu." Wies der Älteste mit der Hand. Von der Ähnlichkeit her zu schließen, handelte es sich bei den beiden anderen um Vater und Sohn. Sie waren alle sehr einfach gekleidet, trugen farblose Hemden und gräuliche Stoffhosen.

„Wohin reisen Sie?", Rondor stellte seine Lebensmittel auf den Tisch.

„Wir haben in Deutschland unsere Verwandtschaft besucht, jetzt reisen wir wieder nach Hause, nach Gumbinnen.", antwortete der Alte.

„Stammen Sie von dort?"

„Nein, wir kommen von der Wolga, wir sind Russlanddeutsche und haben uns an der Ostsee niedergelassen. Wir versuchen uns eine neue Existenz aufzubauen. Mein Neffe ist Tischler und ich bekomme eine kleine Rente, womit wir uns anfangs über Wasser halten können."

„Ich will mir nach dem Studium auch eine Existenz aufbauen und reise nach Klaipeda oder Memel. Vielleicht lassen sich dort Kontakte knüpfen."

„Wissen Sie schon, was Sie machen möchten?"

„Noch nicht, aber ähnlich wie in der Ex-DDR ist hier oben ein gewisses Niemandsland und man könnte eine Vielzahl von Betrieben ins Leben rufen."

Rondor begann zu essen, der Alte und sein Neffe griffen zum Bier, der Junge zauberte aus seiner Achsel einer rote Nelke hervor und legte sie Rondor neben den Teller.

„Danke."

Der Zug krachte über ein paar Schienenstöße und brachte die Getränke zum Schwanken.

„Woher kommen Sie."

„Eigentlich aus Dresden und studiere derzeit in Karlsruhe Elektrotechnik."

„Ein schweres Gebiet.", meinte der Neffe in gebrochenem Deutsch.

Rondor nickte und beeilte sich nun fertig zu werden.

„Gute Fahrt noch!", wünschte er, nachdem er alles aufgegessen hatte.

„Gute Fahrt!", sagten alle drei gleichzeitig.

Rondor ging zurück in sein Abteil. Hinter ihm, dort wo eben die drei Personen gestanden hatten, wandelte sich das Bild. Die Figuren wurden durchlässig, eine kaum sichtbare Rauchsäule bildete sich aus ihnen, stieg nach oben und breitete sich unter der Decke aus.

Die Nacht verlief ohne größere Störungen. Nach dem Frühstück, am späten Vormittag erreichte der Zug die russische Grenze. Hier mussten die Reisenden lange warten, alle vor den Einreisebehörden ihr Gepäck ausbreiten und ihr Visum vorzeigen. Nach dem Filzen fuhr der Zug im Schneckentempo über eine Langsamfahrstrecke zum Hauptbahnhof Königsberg. Unser Student nahm sich ein Taxi, raste damit an den Pregel-Fluss, bestieg das Schiffshotel „Tolstoi" und belegte seine Kabine. Er genoss seinen darauf folgenden Spaziergang durch die Stadt, den Besuch einer orthodoxen Messe und holte sich am Busbahnhof eine Fahrkarte nach Memel.

In der Frühe fuhr er los, trug jetzt nur die Hälfte seines Gepäcks bei sich sowie ein Visum nach Litauen. Der Bus tuckerte wunderbar durch die Landschaft, über die Kurische Nehrung, zwischen den Bäumen glitzerte das Ostseewasser. Ungefähr auf der Hälfte der Kurischen Landzunge wartete wieder einmal der Zoll, welcher von manchen Reisenden Geldscheine und kleinere Geschenke entgegen nahm. Litauen wirkte wesentlich gepflegter als das russische Gebiet und die ersten Häuser leuchteten in bunten Farben. An der Fähre nach Memel endete die Busfahrt. Weiße Möwen empfingen die Ankömmlinge in regelrechtem Urlaubsgeschrei, Händler mit ihren Verkaufswagen und die Fährmänner warteten schon. Eine kleine Menschenmenge setzte über nach Klaipeda Hafen und verteilte sich schnell in diesem

Viertel. Dort gab es Häuser, welche niederster Unterhaltung dienten; Kneipen, die von Matrosen, Piraten und anderem Gesindel besucht wurden, unbedeutende Freudenhäuser, Künstlerkolonien, zweifelhafte Händler und Esoteriker. Diese Ecke besaß eine besondere Würze und duftete stark nach krimineller Energie. Nach dem preiswerten Mittagessen ließ sich Rondor zu einer Adresse kutschieren, die ihm ein Freund eines Ostpreußen - Arzt und Litauer - geschickt hatte. Dem Taxifahrer gab er einen Dollar und stand nun vor einem hässlichen russischen Plattenbau. Im Treppenhaus stank es unerträglich nach allen möglichen Rückständen, als hätte noch nie jemand gereinigt und überall Rosenöl verkippt. In der fünften Etage fand er die angegebene Wohnung und klingelte an der Nebentür. Eine dicke Frau mit weißem Kopftuch erschien, wollte seinen Ausweis sehen und gab ihm dann den Wohnungsschlüssel. Eine große karg eingerichtete Dreiraumwohnung öffnete sich; im Wohnzimmer standen ein fast leerer Wandschrank, zwei Stühle und Couch; die Küche enthielt Tisch, vier Stühle, Kühlschrank und Kochgelegenheit; das Schlafzimmer besaß ein Doppelbett und im Bad befand sich sogar eine Wanne. *Das sollte fürs Erste genügen,* dachte sich Rondor und die umgerechnet zwanzig Mark pro Nacht waren verkraftbar.

Am nächsten Tag traf sich der junge Mann mit dem Vermieter des Appartements Altanas Renenius. Dieser war Mitte Vierzig, trug noch die volle dunkle Haarpracht mit Seitenscheitel sowie Jeans und blauen Wollpullover. Er arbeitete als Journalist einer lokalen Tageszeitung und empfing seinen Gast, der sich in einen schwarzen Anzug gekleidet hatte, mit zwei Tassen Kaffee im Arbeitszimmer.

„Hallo! Ich bin Ihr deutscher Mieter."

„Hallo! Wir hatten telefoniert. Sind Sie mit der Unterkunft zufrieden?"

„Ja, die Wohnung ist sehr gut."

„Ok. Sie wollten mich sprechen."

Durch meine Studentenverbindung, welche sich mit der Pflege von studentischem und deutschem Brauchtum befasst, gelangte ich zu Kontakten mit ehemaligen Bewohnern des einstigen ostpreußischen Gebietes. Es sind meist ältere Menschen, welche jetzt wieder ihre alte Heimat besuchen und sich darüber erzählen. Der Großteil ist reif, weise und abgeklärt und möchte mit den jetzigen Bewohnern ein freundschaftliches Verhältnis. Sie hängen aber an ihrer verlorenen Heimat und unterstützen deshalb den Wiederaufbau von Kulturdenkmalen, wie den von Schlössern und Kirchen. Sie wünschen sich eine gesunde Entwicklung ihrer früheren Heimat nicht durch einseitige Unterstützung von Deutschstämmigen sondern auch durch wirtschaftliche Entwicklung vor Ort. Auch ich habe viel Hilfe und Spenden erhalten und suche nun mit meinem Freund nach litauischen Partnern, die mit uns ein Joint Venture gründen. Wir sind auf der Suche nach neuen Möglichkeiten und für Vieles offen. Würde ein Produktionsbetrieb entstehen, könnten wir uns um den Vertrieb in Deutschland bemühen, umgekehrt wäre ein Warenfluss von Deutschland aus denkbar. Wir könnten klein anfangen, Verschiedenes ausprobieren und beiderseitig davon profitieren. Vielleicht können Sie uns dabei helfen, jemanden zu finden, der ein zuverlässiges Organisationstalent abgibt…"
„Ich bleibe bei meiner Zeitung, aber ich hätte einige im Auge. Es wäre aber besser, wenn Ihr Partner auch dabei sein könnte. Wollen wir einen Termin ausmachen?"
„Ja. Gerne."
„In einem Monat müsste es klappen."
Rondor nickte zustimmend, sah auf die ihm zugesteckte Visitenkarte mit Datum und steckte sie sich ins Portemonnaie.
„Dann bezahle ich Ihnen die Wohnung für zwei Übernachtungen und buche sie im nächsten Monat für drei Tage."
„Danke, Geht klar. Dann wünsche ich Ihnen einen schönen Aufenthalt in Klaipeda und besuchen Sie unser bekanntestes Denkmal: das Ännchen von Tharau auf seinem Brunnen."
„Auf jeden Fall, Danke und bis zum nächsten Mal!"

„Wiedersehen."

Nachdem Rondor gegangen war, nahm Altanas den Telefonhörer.

„Er war bei mir, ich brauche jetzt geeignete Kandidaten…"

Die Rückfahrt verlief in umgekehrter Weise. Auf russischem Gebiet wurde der Bus gestoppt, ein Fahrgast von Schlägertypen rausgezerrt und vor den Insassen zusammengeschlagen. Der Bus durfte ohne ihn weiterfahren. Nach der Übernachtung auf dem Schiff fuhr der abenteuerlustige Deutsche wieder per Zug Richtung Heimat, über Berlin nach Karlsruhe, verständigte von dort seinen Freund Fuchs.

Litauen

Der graue unauffällige Barkas hüpfte leicht über die Nahtstellen der Autobahn, im Laderaum hatte er vor allem Gewürze und Reisegepäck geladen. Deutschland lag ein ganzes Stück hinter ihm, mittlerweile fuhr er an Warschau vorbei, drang tief in polnisches Inland und bestätigte wieder einmal seine Robustheit. Der Besitzer, Expolizist Fuchs, ließ es sich nicht nehmen, die ganze Strecke zu fahren. Neben ihm saß Rondor und hatte eine Kassette mit Wiener Walzer eingelegt. Sie wollten die russische Exklave umfahren und Klaipeda auf dem Landweg erreichen. An ihnen rauschten vor allem Nobelkarossen vorbei, welche aus Deutschland nach Litauen überführt wurden. Ganz sicher war ein großer Teil von ihnen als gestohlen gemeldet. Am Grenzübergang zwischen Sejny und Lazdijai bildeten stehende Fahrzeuge eine kilometerlange Schlange. Die Insassen wirkten häufig wenig Vertrauen erweckend, gelegentlich sah man Streitereien, welche mit Brechstangen ihr effektvolles Ende fanden. Das Geschehen fand um das deutsche Auto herum statt, wie durch ein kleines Wunder beachtete es fast niemand. Nach mehreren Stunden Wartezeit gelangten die Barkasfahrer an ein Schild, das Ausländer dazu aufforderte nach vorn zu fahren. Nun konnten sie die ewige Fahrzeugkette rechts liegen lassen, wurden nach einer Stunde ohne Probleme abgefertigt, bekamen Stempel in ihre Reisepässe. Endlich, mit den litauischen Landstrichen belegte nun eine befreiendere Fahrt ihre Gemüter. In der Nähe von Wilna fanden sie ein kleines gemütliches Hotel, so dass sie den nächsten Reisetag entspannt angehen konnten.

Auf der Autobahn von Wilna nach Kaunas trafen sie in den ersten Stunden ab und zu noch Autos, von Kaunas nach Klaipeda schon fast nicht mehr. Dafür empfing sie ein schönerer, weiterer blauer Wölkchen-Himmel als in Deutschland, nur von großen flachen

Wiesen und Wäldern unterstrichen, scheinbar aus der Zeit genommen fuhren sie dahin.

Es dunkelte schon in Klaipeda, als sie den Plattenbau erreichten, in dem Rondor schon einmal logierte. Den Barkas umringten neugierige Jugendliche, blickten hinein und sahen aus, als würden sie den Fremden jeden Moment die Kleider vom Leib reißen. Selbstbewusst ließ sich Rondor wenig beeindrucken, verließ den Wagen, klingelte unten und holte den Wohnungsschlüssel. Gemeinsam brachten sie ihre Materialien nach oben, dann schafften sie den Barkas in eine Garage, die Teil einer größeren Anlage war. Niemand überfiel sie, oben in ihrer Unterkunft fanden sie Lebensmittel und Getränke im Kühlschrank, sie probierten das abscheuliche litauische Bier. Mitten auf dem Wohnzimmertisch lag bereits ein beschriebener kleiner Zettel, mit welchem Altanas informierte, dass er am nächsten Tag gegen 10Uhr potentielle Gesprächspartner bringen werde.

Nach der anstrengenden Reise legten sich die Abenteurer früh zu Bett. Rondor schloss sofort seine Augen, wohltuende Zeit von Ruhe und Entspannung bemächtigte sich seiner, Nebelschleier bedeckten zart und sanft seine äußeren Sinne, bald schon fiel er in tiefen Schlaf.

Ein dunkler Traum befiel ihn mitten in der Nacht, nur langsam erfasste er, was mit ihm vor sich ging. Etwas zerrte mit aller Kraft an seinem Fleisch, seiner Haut, als sollten die Weichteile von den Knochen getrennt werden. Er fühlte sich umfassend anwesend in einem undurchdringlichen Raum, andere Eindrücke entrückten seiner Wahrnehmung. Kleidungsstücke, sein Schlafanzug, die Bettdecke, Handtücher aus der Wohnung wurden lebendig, flogen auf ihn zu und versuchten sich in seinen Körper zu fressen. Einzelstücke konnte er fassen, zerriss sie und warf sie von sich. Die Fetzen kamen erneut zu ihm, selbst als er sie in Müllsäcke steckte, versuchten sie sich zu befreien und schafften es immer wieder. Nur wenige gefühlte Minuten behielt er die Oberhand, er zappelte und strampelte und verlor dennoch. Nach schier endlosem

Kampf umhüllten ihn die Stoffe vollständig, drangen langsam in ihn, rissen immer stärker. Als beißender Schmerz seinen ganzen Leib erfüllte, erwachte er schweißgebadet auf dem Teppich. Die Bettdecke lag völlig zerrissen neben ihm. Woher kamen diese verarbeiteten Szenen? So wie einst erlebte Bronchitis-Gefühle? Hatte er sich nachts unterkühlt? Das schien die nächste Erklärung zu sein. Mühsam rappelte er sich empor, beseitigte die stoffliche Bescherung. Dann machte er sich halb zerschlagen für den kommenden Tag fertig.

Altanas erschien pünktlich. Ihn begleiteten drei Personen, die sich als Jolante Guktaite, Renus Guktais und Igor Chromeev benamten. Jolante war nur 1,60m groß, füllig, vielleicht an die vierzig Jahre alt, mit braunen Locken. Ihr schwarzhaariger glatt gescheitelter Mann Renus wirkte dagegen hager, etwas älter und überragte sie um ein Drittel. Igor Chromeev war der größte von ihnen, an die fünfzig, grauhaarig und trug eine Nickelbrille. Bevor er sie wieder Richtung Redaktion verließ, stellte Altanas die ersten beiden als potentielle Geschäftspartner, ehemals Parteisekretäre in einem Chemie-Kombinat und Chromeev als Dolmetscher vor. Sie verteilten sich im Wohnzimmer, Rondor kochte Kaffee und sie kamen dem Geschäftlichen näher.
Von Chromeev übersetzt sprach vor allem die kleine sehr engagierte Frau:
„Wir möchten uns bekannt machen, mein Mann und ich leben seit unseren Jugendtagen in Klaipeda. Beide studierten wir Betriebswirtschaft und lernten uns auf der Parteischule in Moskau kennen. Wie es der Zufall wollte, kamen wir zusammen nach Klaipeda zurück, wir arbeiteten sogar im selben Kombinat. Seit der Perestroika fanden viele Umstrukturierungen und Entlassungen in unserem Land statt. Auch unser Betrieb fiel dem zum Opfer, er ist seit einem Jahr geschlossen. Wir wollen uns schon seit einiger Zeit selbständig machen, suchen aber noch die richtigen Ideen."
Ihr Mann nickte beifällig.

„Ich habe bei der Kriminalpolizei in Berlin gearbeitet und war dem Zentralkomitee rechenschaftspflichtig, nach der Wiedervereinigung gab es zu viele Polizisten, ich musste gehen. Meine Frau ist im Pflegedienst beschäftigt und ich habe zwei Töchter. Durch unseren jungen Freund hier angeregt bin ich nun in Litauen, um eine Firma zu gründen. Rondor!?"

„Bei mir gibt's keinen langen Lebenslauf, ich studiere Elektrotechnik in Karlsruhe, engagiere mich in einer Studentenverbindung und helfe ehemaligen Ostpreußen beim Spendenversand und der Kulturpflege. Vielleicht entwickelt sich diesmal alles etwas weiter, durch den Aufbau eines Betriebes in Klaipeda."

„Ich denke mal, wir könnten ganz langsam, Schritt für Schritt die Lage testen und ausloten. Wir wollen etwas verkaufen, Gewinne machen, vielleicht einen eigenen Produktionsbetrieb ins Leben rufen. Zum Anfang erst einmal das hier." Gernot Fuchs zeigte die Kisten voller Gewürze, gab sie seinen künftigen Geschäftspartnern.

„Den größten Teil der Gewürze habe ich hier noch nie im Laden gesehen.", begutachtete Frau Guktaite. „Die kann man sicher in Geschäfte oder auf den Markt bringen. Ich kenne so einige Leute, die dafür in Frage kämen."

„Das sollte erst einmal der Anfang sein.", meinte Fuchs. „Wir bringen Waren aus Deutschland und nehmen Waren aus Litauen wieder mit. Dafür müssen wir umfangreich analysieren und den Vertrieb organisieren. Auf Dauer finden wir sicher eine Marktlücke und sammeln systematisch Kapital für eine eigene Produktion zu späterem Zeitpunkt."

„Gut, ich schlage die Gründung einer Handelsfirma in Form einer Aktiengesellschaft vor.", sprach wieder Guktaite. „Wie sie vielleicht schon wissen, benötigt man pro Person umgerechnet nur 2500DM Startkapital. Mein Mann, ich und Sie beide wären zu je 25% Aktionäre und wir hätten eine solide Geschäftsform."

„Einverstanden, Geld spielt keine Rolle. Wann können wir das durchführen?", hob sich Fuchs Stimme.

„Schon morgen, wir holen sie ab und fahren zu einem Notar und Rechtsanwalt. Ich rufe Sie heute Abend an.", sprach Jolante, keinen Widerspruch duldend.

„Spätestens 21 Uhr werden wir aus der Stadt zurück sein.", bestätigte Fuchs.

Sie tranken ihren Kaffee aus, wechselten einige Belanglosigkeiten über Klaipedas Schönheiten, stellten fest, dass sie sich in deutsch und englisch verständigen konnten, verabschiedeten sich dann. Fuchs und Rondor gingen auf Tour, sahen sich die einheimischen Geschäfte an, aßen in einer Gaststätte. Abends erhielten sie den vereinbarten Anruf und wollten sich ab sofort ohne Dolmetscher treffen.

Am nächsten Morgen las der Rechtsanwalt drei Stunden lang Paragraphen vor, Fuchs zeichnete alles Gesprochene mit seinem Diktiergerät auf. Am Ende der langatmigen Aktion stand die Vertragsunterzeichnung zu einem deutsch-litauischen Unternehmen. Gernot Fuchs zückte sein Portemonnaie, zählte die Anzahl gewünschter Scheine für sich und Rondor auf den Tisch, schob sie zum Rechtsanwalt. Die kleine Litauerin tat es ihm gleich, holte aus ihrer Tasche einen weißen Umschlag hervor, legte ihn dazu. Der Rechtsanwalt nahm das Geld an sich, stellte Quittungen aus, besiegelte damit die Gründung. Nach dem Pflichtakt forderten die Litauer die beiden Deutschen auf, ihnen in ein nahe gelegenes Restaurant zu folgen.

Wie die meisten Gaststätten machte es einen sauberen Eindruck, besaß dabei einen russischen Akzent. Die Außenwände zeigten außer einem Namensschild wenig Farbe, dafür erschienen die Innenflächen oft grün lackiert. Wie überall konnte man bei den Gerichten meinen, jemand hätte eine Friteuse darüber ausgeleert, gesünder wirkten dagegen die Getränke. Dem Ereignis angemessen tranken die vier neuen Geschäftspartner russischen Sekt.

„Auf unsere Partnerschaft!"

„Auf bestes Gelingen!"

„Auf unsere Gesundheit!"

„Auf die goldene Zukunft!", jubelten sie sich zu, stießen mit ihren klirrenden Gläsern an.

„Zuerst sollte ein größeres Büro mit kleinen Lagerräumen angemietet werden, ich besitze noch eine ganze Menge Raufasertapete.", meinte Fuchs.

„Ich kümmere mich ums Organisatorische, mein Mann um technische Aufgaben. Damit steht schon mal unsere Arbeitsteilung."

„Wir müssen jeweils analysieren, Kontakte für den Ein- und Verkauf im jeweils anderen Land knüpfen. Dazu haben wir ja Daten ausgetauscht. Rondor muss noch viel studieren."

„In Litauen zählen Studenten nicht als Menschen.", erzählte Jolante.

Fuchs lachte herzlich: „Du solltest unbedingt fertig studieren."

„Ich werde mich bemühen *ein Mensch* zu werden."

Alle lächelten, Glückseligkeit bemächtigte sich Rondor, er hatte seine erste eigene Firma gegründet.

Am Tag darauf brachte Fuchs seinen Kumpel Rondor nach Wilna. Von dort kehrte der Student per Zug über Weißrussland nach Deutschland zurück, um an einer Hauptprüfung teilzunehmen. Nach strapaziöser Reise blieb er in Karlsruhe, dankte Gott, ihn wunderte nicht, wie wunderbar alles gelaufen war, selbst die Ampeln hatten sofort auf Grün geschalten, wenn er sich ihnen genähert hatte. Fuchs begab sich wieder nach Klaipeda, war bei den ersten Schritten behilflich, half Wochen danach beim Tapezieren des Büros. Weitere Wochen später sahen im Mietgebäude schon fast alle Büros genau so aus wie das der Deutschen, von den Einheimischen kopiert.

Das Geschäft entwickelte sich prächtig, erst mit Barkas, dann mit eigenen Lieferfahrzeugen kamen Holzspielzeug, preiswerte Bekleidung und Kunstgegenstände nach Deutschland. Umgekehrt waren vor allem deutsche Schokolade, Parfüm, wechselnd elektronische Geräte sowie auch Haushaltsgegenstände beliebt. Im ersten Jahr lagen die Gewinne gerade bei 730DM pro Person, blieben im Geschäft; sie nahmen aber dann potentiell zu, füllten reichlich die Kontos. Stetig stabilisierte sich der Handel. Produkte fielen weg, neue kamen hinzu. Überschüsse wurden möglichst gleich wieder investiert, davon Mitarbeiter bezahlt. Der Student arbeitete mit seinen umfangreichen Kontakten. Aus Österreich organisierte Rondor Gatter genannte Baumstamm-Zuschnittmaschinen, ließ sie per Bundesbahn nach Wilna überführen. Unberührte Wälder gaben ihr Holz dazu, schon bald besaßen unsere Geschäftstüchtigen ein Sägewerk, das Holz in mehrere europäische Länder exportierte. Sie lieferten Fahrradanhänger nach China, verschiedene Handarbeiten wie Tischdecken und Puppen gingen nach Russland, Laufräder für Kleinkinder und fliegende Heckenscheren kamen in die Vereinigten Staaten.

Ihr gläserner Firmensitz öffnete feierlich in Klaipeda, eingesetzte Geschäftsführer übernahmen immer mehr das Tagesgeschäft, strukturierten die verschiedenen Abteilungen. Der eigene Sicherheitsdienst wuchs stetig, bewahrte vor Schutzgeldern und begleitete zahlreiche Transporte.

Piraten

Eben löschte der riesige Kahn seine Fracht, drei gewaltige Kräne drehten sich, Tonnen über Tonnen schwebten in Containern über die Reling. Dagegen winzig, fast unbemerkt betraten zwanzig breitschultrige Seeleute mit schweren Rucksäcken das Deck.

„Wo finden wir den Kapitän?", rief eine Stimme ärgerlich.

„In seiner Kajüte, ich kann Sie hinbringen. Wer sind Sie? Worum geht es?", fragte einer der Aufsicht habenden Matrosen.

„Das wollen wir unter vier Augen besprechen. Bring mich zu ihm!", befahl der Anführer. Der Angesprochene winkte *mir nach*, wies dem lautstarken Gast den Weg zu den Unterkünften.

Der Kapitän führte in seiner Kajüte gerade Berechnungen aus, als er hinter sich hörte:

„Hallo! Wir sind der persönliche Schutz ihres Schiffes."

„Die Hafenmeisterei scheint mir ganz schön auf Draht zu sein."

„Wir kommen nicht von der Meisterei und unsere Sicherheitsdienste kosten Sie zwanzig Prozent Ihres Jahresgewinns."

Der Kapitän drehte sich um. „Das ist unmöglich und reinster Wucher. Für welche Leistungen eigentlich?"

„Wir halten Ihnen Probleme fern. Sie können wählen zwischen einer von Unfällen heimgesuchten Mannschaft oder Sie zahlen!"

Nun wusste der Kapitän mit wem er es zu tun hatte. „Zehn Prozent und ich gehe nicht zur Polizei."

„Polizei nützt Ihnen hier wenig, fünfzehn Prozent und Sie bekommen keine blutige Nase."

„Ok, Ok. Sie haben gewonnen, fünfzehn Prozent."

„Ich sehe, wir verstehen uns, drei meiner Leute werden regelmäßig bei Ihnen vorbeischauen. Die erste Rate ist morgen Abend um 8 Uhr fällig. Halten Sie Ihre Bücher bereit!"

„Sie können mir voll vertrauen."

„Das will ich hoffen! Wir gehen!"

Mit aggressiven Mienen, ohne Abschiedsworte verließen die düsteren Gesellen das Schiff, zwei Mann von ihnen blieben in Nähe der Anlegestelle. Der Rest begab sich durch winklige Gassen und drehte sich dabei häufig um. Es entging ihnen, dass an den Häuserwänden Ratten entlang kletterten, die ihnen folgten. Geschickt versteckten diese sich an allen möglichen Vorsprüngen, nutzten ihre tarnenden Fellfarben. Nach etlichen Kilometern erreichte die Schlägergruppe ihr Ziel und Versteck, eine gewaltige, stark bewachte Druckerei. Einzelne Ratten folgten den Männern vorsichtig über Belüftungsschächte in einen größeren Besprechungsraum. Gut dreihundert kampferprobte Kriminelle saßen in einer Art Klein-Theater und erwarteten einen Auftritt.

Ein drahtiger hoch gewachsener Blondschopf betrat die leicht erhöhte Bühne. Hinter ihm liefen zwei Leibwächter, die sich links und rechts postierten, den Saal im Auge behielten.

„Guten Morgen, meine Lieben!"

„Morgen. Morgen.", raunte es aus dem Saal.

„Ich will es für Euch kurz machen, es gibt wieder einmal mehrere Öltanker zu kapern. Zielkoordinaten und Einsatzpläne habe ich hier mehrmals kopiert, die Abteilungsleiter kommen im Anschluss bitte zu mir. Das Flugzeug nach Afrika ist schon aufgetankt, heute findet allerdings nichts mehr statt, ihr könnt also Euren regelmäßigen Aufgaben nachgehen.", dann verschwand er wieder an einer Seitenöffnung, fünfzehn Männer folgten ihm.

Die Ratten verwandelten sich in einen Schwarm Fliegen und verteilten sich im gesamten Gebäude, begleiteten die Männer bei ihren Einsätzen, beobachteten das Geschehen einige Monate lang. In der Nähe von Afrika überfielen die Ganoven Schiffe, besser ließen die Schiffe von aufgerüsteten Schwarzen überfallen, verlangten über sie Lösegeld. Daheim ging es oft nur um Schutzgelderpressung, damit hatten sie ihr reichliches Auskommen.

Eines Abends saß der Anführer genüsslich in seiner Villa auf dem Sofa und sah fern, als sich hinter ihm durch die Verandatür ein

Schwarm Ameisen sammelte und langsam zu einem Berg in die Höhe wuchs. Der Berg wand sich, verschlankte in die Höhe. Wie ein einzelnes Wesen beugte sich die nun entstandene Säule langsam nach vorn und hüllte den sitzenden Bandenchef blitzartig ein. In alle Löcher drangen die kleinen Wesen, zupften sich etwas von seinem Körper ab. Er schlug nur wenige Male mit Armen und Beinen um sich, konnte keinen Laut von sich geben. Dann fiel er, das Ameisenwesen in sich zusammen. Wenige Augenblicke danach begann sich die Kleidung wieder mit Inhalt zu füllen, baute sich neu zur Männergestalt auf und ein blonder Hüne saß wie vorher da, sah unbewegt in seinen Fernseher. Keine einzige Spur des Geschehens blieb zurück.

Die Piraten folgten ihrem Boss, zogen ihre planmäßigen Kreise, steigerten sich, operierten immer effektiver.

Autoschieber

Mehrere Garagentore schlossen sich gleichzeitig, füllten die Einfahrluken der riesigen Halle. Im Neon erleuchteten Innenraum standen unterschiedlichste Fahrzeugtypen in langen Parallelreihen und trugen Nummern hinter der Windschutzscheibe. Techniker in blauen Anzügen untersuchten die Fahrzeuge, führten Protokoll, listeten die Mängel für den Computer. Nach einem genauen Ablaufplan kamen die Autos in die beiliegende Werkstatt, erhielten eine Rundum Sanierung, eine neue Farbe, wurden für den legalen Markt vorbereitet. Der Autohandel blühte, vor allem wegen geringer Beschaffungskosten der gestohlenen oder schrottreifen Autos. Ein Heer von Mitarbeitern lebte von diesem neuen Handelszweig, sie verdienten besser als in manchem Produktionsbetrieb, selbst viele Staatsbeamte konnten mit Bestechungsgeldern ihr schmales Gehalt aufbessern. Nach dem Zusammenbruch der Sowjetunion erholten sich andere Branchen nur langsam, zuerst entfaltete sich das kleine und große Verbrechen. Der Autohandel galt eher als harmlos, geriet aber wegen recht hoher Gewinne schnell in die Hände von Schwerverbrechern, welche unter sich den Markt aufteilten, genaue Einzugsgebiete absteckten, ab und zu Vereinbarungen trafen.

Die Schrottpresse drückte Autos zusammen, Metallberge türmten sich in den Himmel. Zwischen den Autoleichen wurde gefeilscht und tausende Scheine unterschiedlichster Währungen wechselten im Koffer ihren Besitzer. Im Verwaltungstrakt druckte jemand neue Insider-Kataloge – lose Blattsammlungen.
Ein Mann mit langem schwarzen Mantel und breitkrempigen Hut betrat das marode Schrottplatzleitgebäude, begab sich ins Büro. Der Angestellte am Drucker sah überrascht auf.
„Guten Tag! Was kann ich für Sie tun?"

„Guten Tag! Ich suche jemanden, der aus Schrott Luxuswagen machen kann und sie dann im ganzen Land verkauft."

„Warten Sie, ich hole meinen Chef. Setzen Sie sich!", er stürmte aus dem Büro.

Der Fremde sah sich gründlich um, blätterte kurz in den neuen Katalogen, dann nahm er Platz.

Nach fünf Minuten öffnete sich die Tür und herein kam der Schrottplatzbesitzer.

„Guten Tag! Sie suchen Schrottveredler?"

„Guten Tag! Ich suche Den- oder Diejenigen, welche hier im Land ausländische und inländische Schrottautos aufpolieren, wieder verkaufen, für die gesamte Organisation zuständig sind. Von mir aus können Sie mich mit verbundenen Augen vorführen, aber ich brauche die obersten Bosse."

„Woher weiß ich, dass Sie nicht von der Polizei sind und mich austricksen wollen."

„Ich bin von der Polizei und ich habe viel zu sagen. Statt Sie zu überwachen strebe ich einen anderen Weg an. Ich bin, sagen wir mal, zu einer lang anhaltenden Kooperation bereit. Sie dürfen meinen Einfluss gern auf die Probe stellen, überbringen Sie einfach meine Botschaft. Eine Kooperation mit beiderseitigem Gewinn ist besser, als ein Krieg, den auf Dauer keiner richtig und wenn, dann nur ich mit meinen Mitarbeitern gewinnen kann."

Der Schrottplatzbesitzer wackelte mit seinem Kopf.

„Gut. Ich habe nichts damit zu tun, aber ich werde sehen ob ich etwas erreichen kann. Kommen Sie in einer Woche wieder um diese Zeit, dann bringe ich Ihnen eventuell Nachrichten. Wen soll ich melden?"

„Jemanden, der selbst über den Zoll gebieten kann. Hier mein Ausweis."

Schnell prägte sich der Schrottmann Name und Adresse ein,

„ Ich richte es aus.", sagte er, „Versprechen kann ich nichts."

„Dann bis bald.", verabschiedeten sie sich formlos.

Beim nächsten Treffen saßen sich die beiden Gesprächspartner allein gegenüber.

„Wir möchten eine Kostprobe Ihres Könnens, läuft alles glatt, bestimmen wir die Bedingungen unserer Zusammenarbeit.", begann der Schrottplatzbesitzer und legte eine Skizze auf den Tisch. „Ziehen Sie bitte übermorgen die Grenzkontrollen an diesem Waldweg weiter ins Hinterland zurück, mit der Vorgabe, durch diesen Test Schmuggler künftig besser fassen zu können. Wir versuchen mit einem Pkw ohne Kontrolle über die Grenze zu kommen. Sollte das klappen, hätten wir künftig gerne Freipassierscheine für besonders heikle Transaktionen." Er gab dem Fremden, dessen kantiges, schmales Gesicht unter dem Hut kaum zu sehen war, die Zeichnung.

„Mmh. Das lässt sich bewerkstelligen, wir führen diese Aktion durch, dann erhalten Sie meine Forderungen."

„Wir sehen uns am darauf folgenden Morgen wieder hier, sagen wir gegen 9Uhr."

Um Mitternacht fuhr ein Militärjeep völlig unbehelligt über die sonst bewachte Waldlichtung. Kein Grenzsoldat ließ sich blicken, auch lange nach ihrem Grenzübertritt stellten die Insassen keinerlei Verfolger fest und waren mit ihrem bisher fremden Unbekannten zufrieden. Er lieferte Freipassierscheine, bekam ein Mitspracherecht bei den Planungen, durfte Aufgaben verteilen. Dafür erhielt er Vergütungen, welche den unterfinanzierten Streitkräften, Polizei und Zoll zu Gute kamen. Die Autoschieberkrake langte recht bald mit ihren Armen bis weit in russisches Gebiet und wurde immer mächtiger. Dank ihrer guten Beziehungen entging sie Razzien, bekam Verräter von der Polizei gemeldet.

Der Fremde trug den Namen Lukas Poliskas, arbeitete im litauischen Verteidigungsministerium und spann seine feinen Fäden zu aller Vorteil und seiner größer werdenden Einflussnahme. Das hatten seine neuen Mitarbeiter herausgefunden; bereitwillig gaben sie ihm Führungsbefugnisse, denn die Geschäfte entwickelten sich glänzend. Gern waren sie nun auch bei internationalen Waffengeschäften behilflich, brachten oder holten Waffen vom Memeler Hafen, belieferten verschiedene Depots im In- und Ausland.

Seltsame Angriffe

Seit Jahren konnten alle Positionen von Meeresschiffen aus dem All verfolgt werden, neue Satellitengenerationen lösten Objekte an der Erdoberfläche immer genauer auf. Umso verwunderlicher war es, als nach und nach Boote der NATO-Streitkräfte aus der Ortung verschwanden. Neben einigen U-Booten verlor die Allianz mehrere Fregatten, Zerstörer und Marineflugzeuge. Die Vorkommnisse blieben geheim, Nachrichtendienste richteten Sonderabteilungen ein, Diplomaten nahmen Kontakt zu ihren ausländischen Kollegen auf. Besonders amerikanisches und deutsches Kriegsgerät samt Mannschaft schienen betroffen. Manchmal tauchten die Waffensysteme einzeln oder gemeinsam auf und führten unklare Angriffe auf militärische und zivile Schiffe durch. Erst nach längerer Analyse im NATO-Hauptquartier fand man ein schwaches Schema. Die Angriffe sollten ablenken; mal im Pazifik, mal im Atlantik, mal im indischen Ozean Kontingente binden. Viele Länder gerieten unter Generalverdacht, in den vereinigten Staaten liefen Vorbereitungen für eine allgemeine Mobilmachung.

Ein Sondereinsatzkommando - bestehend aus 14 Booten einer schwer bewaffneten Kriegsflotte, Spezialeinheiten, zahlreichen Tauch- und Flugdrohnen - erhielt den Auftrag, Schiffe zurückzuerobern oder zu zerstören. Tatsächlich konnte nach langen Patrouillen in der Nähe des Arabischen Meeres der Angriff auf ein Hamburger Handelsschiff registriert werden. Pfeilschnell flogen die Drohnen zum gesichteten Zerstörer, drangen durch Luken ein, brannten sich Durchgänge, betäubten die Besatzung mit zahlreichen Gasbomben. Der Zerstörer verschwand nicht wieder spurlos, sondern wurde geentert, von amerikanischen Truppen besetzt. Die Flotte schleppte das Schiff nach Saudi-Arabien zu einem ihrer Stützpunkte, untersuchte es auf das Gründlichste. Alles war intakt, keine Feindtechnik ließ sich erkennen, nirgendwo arbeitete ein Tarngerät. Die Mannschaft erwachte aus ihrer Betäubung, schien hypnotisiert und konnte erst nach einigen Tagen befragt werden. Die Männer klagten über ihre dauerhaften Kopfschmerzen und vermochten nicht, sich an die zurückliegenden Tage und Wochen zu erinnern.

Zurückeroberungen gelangen immer wieder, nie stellten die Techniker und Ärzte Feindberührung fest, nie erinnerten sich die Soldaten. Wie mächtig musste ein Gegner sein, der alle Sicherheitssysteme schlagen und Menschen wie Marionetten dirigieren konnte?

Doch welchem Zweck dienten die Übergriffe? Anfangs blieben die Piraten etwas unbehelligter, aber nachdem sie ins Visier der Ermittler gerieten, hatte die militärische Präsenz in ihren Raubgebieten zugenommen. Abgesehen von einem Kleinboot waren direkte Angriffe nicht nachweisbar von ihnen ausgegangen. Dafür tobten kurze zufällige Gefechte zwischen gestohlenen und regulären Einheiten. Gleich neuronalen Netzen agierten die hypnotisierten Verbände jedes Mal intelligenter, konnten auf irgendeine Art selbst die Drohnen ausschalten, am Ende half nur ihre totale Vernichtung. Die internationalen Fernsehsender berichteten über eine neue Form der Terrorismusbekämpfung, von weltweit regelmäßig stattfindenden Manövern. Jeder Terrorist musste angesichts der Kämpfe regelrecht erschüttern, so gewaltig flammten die Aufnahmen über die Bildschirme. Faszinierend echt zerschoss, zersprengte die Marine Kampfschiffe in Luft und Wasser. Militaristen dürften dabei Hochgefühle empfunden haben.

Nach einigen Monaten verebbten die Gefechte wieder, begannen seltener zu werden. Ein Heer Geheimdienstler widmete sich den gesammelten Daten, suchte in allen Schlupfwinkeln der bekannten Welt nach potentiellen Quellen. Die Sinnfrage beschäftigte sie am meisten. Wozu Kriegsgerät entführen, wenn es später wieder geopfert wurde? Eine geplante Invasion hätte auf diese Weise Truppen binden können, aber kein Land suchte alleiniges Weltmachtstreben, der Welthandel brachte reifere Früchte als globales Kriegsgeschehen hervor. Die kleinen Unruheregionen auf der Erde besaßen nicht genügend Macht für größere Auseinandersetzungen. Daher begann eine Suche nach Vireninfektionen, welche Menschen zur Unberechenbarkeit mutieren ließen. Gleichzeitig verstärkte die NATO ihre Überwachungseinsätze, nutzte selbst Wettersatelliten zur Feststellung von Unregelmäßigkeiten. So leicht würde keine gesteuerte Aktion dem dichtmaschigen Netz entrinnen, selbst Russen und Chinesen arbeiteten mit im System, steigerten die Zahl codierter Überwachungsmeldungen. Kleinere Dienstverstöße fanden größere Aufmerksamkeit als früher, ergaben aber keine Spur.

Rondor

Während sich die Geschäfte in Litauen systematisch entwickelten, kämpfte Rondor löwenhaft um seinen Studienabschluss. Ganze Fachbücher lernte er auswendig, testete sein Gedächtnis an langen Gedichten, schrieb eigene kleine Texte:

Theater Meiningen

Den Weimarer Charakterzug
Vollführt's Theater Hauptstadt Flair.
Wahrhaftig Kleinkunst Paradies
Schreibt fachwerkgekrönt seine Mär.

Versteckt entströmt der Findiggeist
Schlundhauses Thüringer Klößen.
Schloss Elisabethenburg heißt
Dornröschens Landsberg begrüßen.

Das Dampflokwerk zeigt größte Schau,
„Haben Sie dazu Lust auf Sex?",
Bei Rössersaundes Bleuelradau
Fragt im Park ein Mädchen, eine Hex?

Nebenbei beschäftigte er sich mit der Weltgeschichte, mit Politik, mit deutscher Literatur, Architektur und Esoterik. Nach den vielen Semestern entzückte ihn die reiche universitäre Welt, erfreuten ihn die akademischen Genüsse. Auf der Suche nach Übersinnlichem stieß er auf heilende Edelsteine, lud sie an der Sonne auf, spürte ihre wohltuenden Auren, fühlte ein Kribbeln in den Fingern, wenn er sie berührte. Unter dem Einfluss großer Biermengen bemerkte er eine starke Bewusstseinserweiterung, die er nüchtern zu kontrollieren versuchte.

Sein zweites Ich sprach häufiger mit ihm, vermittelte ihm Informationen aus einer anderen Bewusstseinssphäre. Über einige hundert Meter vermochte er manchmal Menschen zu erspüren, ihren gesundheitlichen Zustand festzustellen. Allerdings merkte er dabei, dass er sich ihrer negativen Schwingungen nicht ganz entziehen konnte und umgab sich deshalb künftig mit positiv programmierten Steinen und Amuletten, achtete darauf, dass ihn umgebende Schwingungen angenehme Wirkungen erzeugten oder zumindest stets das Positive aller Dinge überwog. Ihm fiel auf: Gleiche Schwingungen zogen sich an, Defekte an seinen Haushaltsgeräten traten ziemlich gemeinsam auf, genauso passierte es mit kleinen Geldsegen. Irgendwie schienen sich unbedeutende Dinge aus seinem Alltag auf die nahe und ferne Umgebung abzubilden oder umgekehrt auf ihn zu wirken: Nahm er katholische Kreuze mit, traf er unterwegs Nonnen; trug er einen Anzug, sah er auf der Straße Schlipsträger; fiel seine Modellbahn um, meldete die Bundesbahn eine schwere Zugentgleisung; als er im An- und Verkauf zwei Luftschüsse aus einem Luftgewehr abgab, rasten genau zum selben Zeitpunkt zwei Flugzeuge in das World-Trade-Center in New York. Gedanken, die ihm vorher durch den Kopf gingen, sprachen immer öfter Menschen neben ihm wörtlich aus, was ihn etwas irritierte, woran er sich aber allmählich gewöhnte. So als umgebe ihn ein starkes elektrisches Feld flackerten häufig Straßenlaternen, wenn er an ihnen vorüberging. Kerzenflammen in Gaststätten richteten sich in seine Richtung, ohne Sensor ging im Hausflur das Licht von selber an. Suchte er Bücher oder andere Dinge des täglichen Bedarfs in der Öffentlichkeit, fand er sie immer häufiger an offensichtlichen Stellen, als hätte sie jemand für ihn hingelegt. Unangenehme Mitbürger oder Bundesbrüder seiner Studentenverbindung starben einfach oder hatten Unfälle, wenn sie ihm gegenüber längere Zeit unangenehm waren. Zwischen den normalen Menschen machte er leuchtendere Gestalten aus, welche einen ausgeruhten Eindruck machten, jedoch ganz normalen Alltagsgeschäften nachgingen. Assoziierte er Bilder in die reale Welt, die sonst niemand sah? Ab und zu vernahm er Stimmen in seinem Kopf, konnte sie jedoch nicht richtig zuordnen. Beim Psychiater erhielt er ganz kleine Tabletten, so groß wie Stecknadelköpfe; er gab diese Behandlung jedoch schnell wieder auf. Im Alltagsleben verschwanden die Ereignisse in den Hintergrund. Doch mit einer angekündigten Esoterikmesse in Stuttgart wurden die Erinnerungen daran schnell wieder heller.

Eine große Anzahl Heilkundiger, echte und falsche Scharlatane, magisch Aufgeschlossene und eine Unmenge Zuschauer hatten sich auf dem Ausstellungsgelände versammelt. Verschiedene Gruppen meditierten gemeinsam. Einige hübsche Hexen probierten ihre Amulette aus. Rondor spürte eine Kraft bei einer von ihnen ausgehen, die ihn von ihr fort schob; sie hatte ihr Amulett wohl auf Männerabwehr programmiert. Viele Stände zeigten künstlerische Arrangements von Fabelwesen, wie Einhörnern und Feen, in Nebenräumen fanden Vorträge statt. In einem Saal sprach gerade ein älterer Herr in knallrotem Umhang:
„… von Gott selbst geformte Kristalle, die von aurastarken Menschen zur Entschlüsselung aller Naturgesetze und zur Änderung und Schaffung von Welten genutzt werden können. Wer sie beherrscht, wird selbst zu einem Gott und König über alle Dinge der bekannten und unbekannten Sphären. Vier von Ihnen sind verschollen, ich bin aber stolz, Ihnen einen davon hier präsentieren zu können."
Er holte einen etwa handgroßen Bergkristall aus seinem Koffer und hob ihn in die Höhe.
„Dies ist einer der Körper aus dem magischen Fünfklang. Werden alle fünf Kristalle zusammengefügt, beginnen sie gleißend zu leuchten, wechseln ab und zu in Regenbogenfarben. So heißt es in der Überlieferung. Ich halte ein Tetraeder, es besteht aus vier Dreiecken, daneben gibt es irgendwo verborgen noch ein Hexaeder, bestehend aus sechs Quadraten, ein Oktaeder, bestehend aus acht Dreiecken, ein Dodekaeder, bestehend aus zwölf Fünfecken sowie ein Ikosaeder, bestehend aus zwanzig Dreiecken.

Ihre Seitenflächen sind kongruent zueinander. Es sind die fünf einzigen regelmäßigen Körper dieser Art und können durch nur eine Größe, wie der Kantenlänge oder dem Volumen bestimmt werden. Sie heißen in ihrer Form platonische Körper und finden immer mehr Bedeutung in der Materialwirtschaft und anderen Bereichen, in denen Nano- und kleinere Teilchen verwendet werden."

Er beugte sich vor und legte den Kristall vor sich auf den Tisch. Im selben Augenblick schoss ein kleiner Liliputaner aus dem Publikum, schnappte sich den Kristall und rannte aus einer der drei Saaltüren. Ein Tumult entstand. Rondor, der abseits der Menschenmenge gestanden hatte, rannte dem kleinen Mann hinterher, ein großer Muskelmann stellte ihm ein Bein und Rondor segelte in ganzer Länge auf das Parkett. Er wollte auf den grinsenden Mann losgehen, doch dieser hob seinen rechten Arm, beugte ihn rechtwinklig und ließ seine Muskeln spielen. Rondor wandte sich ab, sah umher. Der Liliputaner war verschwunden. Als er sich umdrehte, konnte er auch den Muskelmann nicht mehr entdecken. Der Kristall schien verloren, aber diese Geschichte hatte das Interesse des Studenten richtig angeheizt. Er beschloss künftig selbst auf die Suche zu gehen und einen dieser mysteriösen Steine zu finden.

Eine zierliche Hand streckte sich ihm entgegen:

„Ich bin Unstrud und habe gerade alles mit verfolgen können. Alles in Ordnung?"

„Ja, danke. Ich heiße Donarius, meine Freunde nennen mich Rondor. Sind Sie nicht das Fräulein mit dem Abwehramulett?"

„Ich habe es deaktiviert, ich hoffe Sie sind nicht aufdringlich."

„Sehr gern, äh, nein bin ich nicht."

Rondor betrachtete das Mädchen. Sie trug ein langes hellblaues Kleid und hellblaue Socken in weißen Sandalen, war etwas kleiner und zierlicher als er gebaut. Unstrud besaß sehr gepflegte brünette Haare, deren glänzender Schimmer bis auf die Schultern reichte, ihre Brauen lagen wie zwei leicht gewölbte angenehme Büschellinien auf einer schmalen Stirn, die niedliche Nase wuchs zart hervor und betonte ihr hübsches Gesicht. Der Mund wirkte eher schmal und sinnlich ausdrucksvoll, die Mundwinkel lagen zu einem leichten Lächeln gekrümmt. Zum Kleid passende hellblaue klare Augen begeisterten jeden Betrachter und schienen ihn herauszufordern. Das Augenpaar zwinkerte ihm zu und sie strich mit ihrer Hand eine Strähne zurück.

„Ich habe den Vortrag schon einmal gehört, aber den Kristall wollte noch niemand stehlen. Wir hätten besser aufpassen sollen.“

„Wir?“

„Wir sind eine geheime Gesellschaft esoterischer Freidenker. Sie nennt sich *Zur goldenen Krone*, vorhin hast Du ihren Vorsitzenden Jörg Heidenreich sprechen hören. Wenn Du willst, stelle ich Dich ihm vor.“

„Oh, sehr gern.“

„Komm!“

Sie schnappte seine Hand und zog ihn durch die Menge in den Vorlesungssaal. Der Vortrag war beendet worden und Jörg Heidenreich packte gerade seine Sachen zusammen.

„Hallo, darf ich Dir Donarius alias Rondor vorstellen. Er hat versucht den Dieb zu fangen.“

„Gerne.“

„Sind Sie auch ein Medium?“

„Es kommt darauf an, was man darunter versteht, aber ich denke schon, dass mich die andere Welt nicht ganz unberührt lässt.“

„Haben Sie Lust mitzuhelfen, den Kristall wiederzufinden?“

„Das Abenteuer reizt mich schon, allerdings möchte ich nächste Woche erst einmal meine Abschlussprüfung als Elektroingenieur machen, ich feile gerade an meiner Diplomarbeit.“

„Kein Problem, wenden Sie sich einfach an Unstrud, wie ich sie kenne, wird Sie Ihnen gerne beistehen.“

„So, ich muss los, danke für Ihre Hilfe, ich kann mich leider nicht darum kümmern. Tschüß!“

„Tschüß!“

Heidenreich eilte davon.

Nun zog Rondor Unstrud, die noch immer seine Hand hielt, hinter sich her in die Kaffeeteria. Sie folgte ihm widerspruchslos an einen freien Tisch, sie setzten sich beide. Rondor bestellte Kaffee und zwei kleine Törtchen. Gerösteter Duft schwebte durch die Räumlichkeiten.

„Die *Goldene Krone*, was macht die? Wofür steht die?", wollte Rondor wissen.

„Die *Goldene Krone* ist eine Freimaurerloge für Frauen und Männer. Ihre Mitglieder haben sich der Bewahrung und Pflege alten menschlichen Wissens verpflichtet, das oft von der Wissenschaft in das Reich der Mythen und Legenden verbannt wird. Wir erfreuen uns alter magischer Rituale, probieren einige von ihnen auch aus. Dazu treffen wir uns regelmäßig oder einfach nur so zum Gedankenaustausch. Meistens haben wir feste Wohnungen gemietet, in größeren Städten besitzen wir auch einzelne Häuser. Zur Zeit haben wir vor allem in Deutschland, Österreich und der Schweiz etwa 8000 Mitglieder. Halbjährlich erscheint eine Broschüre mit Veranstaltungstipps, mit interessanten Neuigkeiten und mit Abdrucken alter Schriften. In Bern unterhalten wir ein kleines Mysterium-Museum, welches bedeutende Stücke ausstellt und sicher verwahrt."

„Warum hat dann Euer Vorsitzender einen Kristall bei sich?"

„Er hat ihn erst vor kurzem erhalten und nicht mit solcher Nachfrage gerechnet. Natürlich war seine heutige Aktion unvorsichtig, wohl aus Gewohnheit, wahre Esoteriker stehlen keine heiligen Reliquien und haben so etwas wie einen Ehrenkodex oder fürchten schlechtes Karma."

„Ich nehme an, dass diese fünf Kristalle in schlechten Händen viel Schaden anrichten können. Das beste wäre, wir suchen erst gar nicht die Hintermänner, wenn wir nicht wissen wo, sondern besorgen uns die anderen Kristalle und bringen sie bei Euch in Sicherheit."

„Einverstanden. Erst einmal müssen wir Hinweise auf deren Verstecke finden. Soweit ich weiß, konnte der erste Kristall von einem Händler gekauft werden.", sie schlürfte ihren Kaffee.

„Ok, Du versuchst alle Informationen über die Kristalle herauszufinden, und ich schreibe meine Diplomarbeit fertig. Was machst Du eigentlich beruflich?"

„Ich habe keine Ausbildung, ich bin glückliche Verkäuferin in einem Esoterikladen hier in Stuttgart. Die aufgestiegenen Meister unterstützen mich."

„Jesus und Konsorten?"

„Ja, sie helfen einem vielleicht besser als der große Gott, wenn es ihn gibt."

„Ich habe vom Aufstieg und den Meistern gelesen. Das ist ein interessantes Modell oder Konzept zum Übergang in eine höhere Lebenssphäre. Meiner Meinung nach sind alle übersinnlichen Dinge parallel möglich und schließen sich nicht aus, ich befasse mich deshalb mit allem was ich kriegen kann; wenn ich Lust verspüre, gehe ich in die Kirche und bete und singe – sehr wohltuend. Allerdings habe ich eher materielle oder besser gesagt wissenschaftlich anerkannte Dinge zwischen Himmel und Erde studiert. Mein Thema heißt derzeit systematischer Schaltkreisentwurf in der Elektrotechnik mit neuen Softwaremethoden. Wenn ich nach der mündlichen Verteidigung bestanden habe, bin ich Elektroingenieur. Das steht dann auf einem Zeugnis, hat aber für den derzeitigen Arbeitsmarkt wenig Bedeutung. Nach jedem Wirtschaftsaufschwung der letzten Jahrzehnte gab es weniger versicherungspflichtige Vollzeitstellen. Eine Pause wird mir jedenfalls gut tun. Gehen wir zusammen auf Reisen?", er fasste ihre Hand.

Sie errötete ungewollt und sagte einfach:

„Ja. Natürlich. Gib mir Deine Telefonnummer. Ich rufe Dich an."

Gottesdienst

Rondor hatte seine Diplomarbeit mit dem Prädikat „Gut"
bestanden, sein Zeugnis mit allen Noten wies nur „Befriedigend"
aus. Als wären ihm auf einmal schwere Felsen von Kopf und
Schultern genommen, schob er alle Verpflichtungen bei Seite, eilte
er befreit und glücklich zum katholischen Gottesdienst.

Schon von weitem läuteten mehrere Kirchenglocken, riefen die
Schäfchen zusammen. Zahlreich strömten die Gläubigen in das
Kirchenschiff und verteilten sich auf den hölzernen Bankreihen.
Die haushohe Orgel begann in alle Ecken zu schallen, röhrte
königlich, flutete musikalische Wellen. In gelb besticktem
hellgrünen Umhang erschien der Pfarrer im Eingangportal, hob ein
großes Kreuz über den Kopf und begab sich gefolgt von
jugendlichen Messdienern zum Altar. Er verbeugte sich und
wandte sich den Menschen zu, seine Begleiter postierten sich
hinter ihm und die Orgel verhallte.

„Im Namen des Vaters, des Sohnes und des Heiligen Geistes:
Jesus Christus, der gekommen ist, sei mit Euch. An unserer Liebe
wird man erkennen, ob wir uns Christen nennen können."
„Kyrie eleison, Kyrie eleison…", sangen die Teilnehmer.
„Du gibst Dein Leben hin, damit wir leben."
„Kyrie eleison, Kyrie eleison…"
„Du bist das Licht, die Wahrheit und das Leben."
„Kyrie eleison, Kyrie eleison…"

„Der gütige Gott erbarme sich unser, er erlasse unsere Sünden und
erfülle unser ewiges Leben."
„Gloria, Gloria in excelsis deo…", sang der Chor.
„Gloria, Gloria in excelsis deo…"
„Ehre sei Gott in der Höhe, Gott wir danken Dir."

„Gloria, Gloria in excelsis deo…"
„Gloria, Gloria in excelsis deo…"
„Du nimmst hinweg die Sünde der Welt, Hör unser Flehen, erbarme Dich unser."
„Gloria, Gloria in excelsis deo…"
„Gloria, Gloria in excelsis deo…"

„Lasset uns beten."
„Allmächtiger Gott, du bist unser Herr unser Gebieter…"

„Lesung aus dem Buch Jesaja. …Er rettete den, der sein Leben hingab… Wort des lebendigen Gottes."

Menge: „Dank sei Gott."

Gesang Halleluja, Halleluja

„Lesung aus dem Hebräer Brief: … Lasst uns an dem Bekenntnis festhalten, lasst uns hingehen zum Thron der Gabe… Wort des lebendigen Gottes."

Menge: „Dank sei Gott."

Gesang Halleluja, Halleluja

„Der Menschensohn ist gekommen, um sein Leben hinzugeben für viele."

Halleluja, Halleluja

„Der Herr sei mit Euch und mit seinem Geiste. Wer bei Euch groß sein will, soll Euer Diener sein. Evangelium unseres Herrn Jesus Christus."

Chor: „Ehre sei Jesus Christus."

Halleluja, Halleluja

Und die Sonntagsrede:

„Liebe Schwestern und Brüder,
wer sich durch Gewalt und Gier Macht erhofft, schafft in
Wirklichkeit Leid und Zerstörung.
Ich muss mich durchsetzen, der nichts hat, der nichts gilt, nur die
Rendite zählt – solche Redewendungen sind deshalb nicht richtig.
…. In der Kirche gelten andere Richtlinien, wir helfen den
Behinderten, Gebrechlichen und Armen. Jesus diente den
Menschen bis zur Hingabe seines Lebens. Gedenken wir der vielen
Haupt- und Ehrenamtlichen in der Gemeinnützigkeit, beten wir für
die Schwachen und Kranken.
Ich weiß, weshalb ich glaube.
Amen.“

„Lasset uns beten.“
„Befreie uns durch die Feier von unserer Schuld und reinige uns.
Der Herr sei mit Euch und mit seinem Geist.“

Der Pfarrer sang: „Wir singen mit allen Engeln und Heiligen das
Lob Deiner Herrlichkeit.“
„Ja, Du bist heilig großer Gott, bitte sende Deinen Geist über unser
Brot und unseren Wein. Jesus nahm das Brot, brach es und sprach
zu seinen Jüngern: Das ist mein Leib, der für Euch hingegeben
wird. Das ist der Kelch des ewigen Bündnisses, mit meinem Blut.
Esset davon, trinket daraus, tut dies zu meinem Gedächtnis.“

Gesang: „Deine Auferstehung preisen wir.“

„Gütiger Gott vollende Deine Kirche, gib uns das rechte Wort,
helfe zu rechten Taten, mache Deine Kirche zu einem Ort der
Friedlichkeit.“

„Lasset uns beten, wie er es uns gelehrt hat."

„Vater unser im Himmel, geheiligt werde Dein Name.
Dein Reich komme, Dein Wille geschehe, wie im Himmel so auf
Erden.
Unser tägliches Brot gib uns heute und vergebe uns unsere Schuld,
wie auch wir vergeben unseren Schuldigern.
Und führe uns nicht in Versuchung, sondern erlöse uns von dem
Bösen,
denn Dein ist das Reich und die Kraft und die Herrlichkeit
in Ewigkeit Amen."

„Herr Jesus Christus schau nicht auf unsere Sünden, sondern auf
unsere Gläubigkeit."

Die Orgel begann zu spielen und die Oblaten wurden verteilt.
„Herr Du bist der Retter der Welt, nun folge uns in Ewigkeit, gib
uns Kraft für die kommende Woche. Amen."

Und wer sucht, der soll alles finden, dachte Rondor.
Bei Orgelklängen und erhobenem Kreuz zogen Pfarrer und
Messdiener aus der Kirche.

Die Suche beginnt

Unstrud hatte sich endlich gemeldet und wichtige Neuigkeiten angekündigt, sie wollte sich mit Rondor treffen. Am Telefon schlug ihm vor Aufregung das Herz bis zu den Fussspitzen, ihm war, als könnte er sie über die Entfernung spüren, ihre Bewegungen aufnehmen. Er verabredete sich mit ihr in einem Billardkaffee, bestellte vorsorglich einen Spieltisch.
Am späten Nachmittag des nächsten Tages trafen sie sich. Draußen schüttete das Regenwasser, als Rondor wartend aus dem Fenster schaute. Unstrud erschien rausgeputzt in einem schwarzen halblangen Kleid, sah aus wie eine schwarze Königin, während sie im Lokal ihren roten Regenschirm zusammenklappte.
„Hallo, ich wusste gar nicht, dass Hexen elegant und super hübsch sein können."
„Hallo. Das alte Kirchenklischee gilt nicht.", sie lächelte ihn an.
„Na gut, beginnen wir zur Einstimmung ein Spielchen? Kennst Du Snooker?"
„Ja, das habe ich schon gespielt. Ich will beginnen."
Sie griff sich ihren Queue und legte los, räumte den ganzen Tisch systematisch ab. Und so ging es fast ununterbrochen, dabei begann sie zu erzählen:
„Ich habe recherchiert und mit dem Steinhändler gesprochen, welcher den gestohlenen Bergkristall vor uns hatte. Sein Steinkauf war eine glückliche Gelegenheit, ein zerlumpter Obdachloser hat ihm diesen auf dem Altstadtfest in Görlitz verkauft, die Spur verliert sich dort. In unserem Archiv habe ich Kopien aus der magischen Sammlung des Dr. Sylvester gemacht, sie enthält verschlüsselte Hinweise zum Verbleib der Kristalle. Sie befinden sich scheinbar auf geomantischen Punkten der Erde, Orten starker spiritueller Energie. Vor allem Kirchen und Klöster wurden auf solch heiligen Stellen gebaut. Aber auch schon unsere heidnischen Vorfahren erspürten die Besonderheiten von Ritualräumen. Jetzt

liegt es an unserer Kunst, aus der mittelalterlichen Rätselsprache richtige Ziele herauszufinden und die Verstecke der Kristalle aufzuspüren."

„Hast Du schon Ideen, wo wir suchen müssen?"

„Vielleicht. Sieh Dir erstmal in Ruhe die Texte an, dann können wir uns abstimmen." Sie holte ein Bündel Papier aus ihrer Tasche.

„Ok." Rondor stieß an und alle Kugeln rollten in die Spots.

„Wie hast Du *das* gemacht?"

„Keine Ahnung, vielleicht sollten wir jetzt aufhören. Zeig mal her."

Sie gab ihm den Stapel und sie setzten sich an einen beistehenden Tisch.

„Du brauchst nicht unbedingt alles lesen, oben liegt eine Zusammenfassung der meiner Meinung nach wichtigsten Informationen."

„Hier steht:

```
Fernglänzend, am Könige drunten,
Eine Gestalt so leuchtend schon,
Das vom Aug der Zeit gereift,
Ein Jäger gern lustwandelt,
In tiefen bayrischen Gründen
wirst du den Anfang finden.
Wenn du suchest das Gleichgewicht,
unterstützt dich das weise Gericht.
Trotz Mitternacht und fremden Land,
Der Ehre wegen, gesetzt ward,
Ein Treiben der Lüfte und Wetter,
Dergleichen bisher niemand sah,
```

Ein Vierzeiler, eingebettet in eine Geschichte, ganze Sätze und zwischendurch Kleinschreibung. Sehr verdächtig. Das *weise Gericht?*"

„Meistens geht es um magische Hilfestellungen zum Beispiel durch Wahrsager, Tarot-Karten oder andere überirdische Quellen. Ich habe über dem Original gependelt und das ebenfalls über einer Landkarte getan. Man landet in einem abgesperrten Waldgebiet im Tiefland südlich von München.", Unstrud zog eine Karte aus dem Papierberg.

„Ist das ein Militärgelände?"

„Laut Satellitenaufnahmen eher irgendein bewachter Privatbesitz, wir müssen uns vor Ort ein genaueres Bild machen."

„Hast Du keine Glaskugel zum reinschauen?"

„Nein.", sie kniff ihn in den Arm.

„Na gut, dort schlummern bestimmt Zusatzinformationen. Danach können wir uns um die anderen Hinweise kümmern. Wann fahren wir los?"

„Ich habe zwei Hotelzimmer bei München gemietet. Wir checken getrennt ein und fahren mit meinem Jeep zum Pilze sammeln in den Wald. Das ist sicherer als zu sehr in der Nähe zu logieren. Morgen früh hole ich Dich ab. Pack am besten alles ein, was Du für vierzehn Tage brauchst, dann sehen wir weiter."

„Ich bringe einen Feldstecher mit."

„Sehr gut, ich besitze auch einen und ich habe etwas Magie im Gepäck."

„Verschwinden wir."

Sie bezahlten, verließen das Lokal und trennten sich.

Rondor unterrichtete seinen berliner Geschäftspartner, der ihn neugierig ausfragte und ihm diese Abwechslung sogar empfahl, der Betrieb lief erst einmal ohne ihn.

Ein sonniger Herbstmorgen schickte noch seine lauen Lüfte, Rondor und Unstrud konnten sich trotz des dünnen Wagendaches wohl fühlen. Häuser und Nadelbäume flogen vorbei, bis sie in einem recht belebten Dorf hielten. Getrennt begaben sie sich zu unterschiedlichen Hotels, checkten ein und trafen sich wieder zum vereinbarten Zeitpunkt. An einem Parkplatz für Wanderer stellten sie ihr Fahrzeug ab und begannen einen Erkundungsgang. Mit ihren Feldstechern bewaffnet näherten sie sich nur langsam im Zickzack-Kurs dem begehrten Objekt, konnten nach einigen Kilometern in der Ferne einen Doppelzaun ausmachen, blieben dabei im Dickicht und versuchten Details zu erkennen. Der äußere Ring bestand nur aus einem circa drei Meter hohen Maschendrahtzaun, wahrscheinlich um Wildtiere abzuhalten. Etwa zwei bis drei Meter entfernt verlief der innere Ring aus engem Stacheldrahtnetz, oben gerollt, wie man ihn von Kasernen her kannte. Zwischen den Bäumen konnten sie Kameras entdecken, welche den Todesstreifen zwischen den Zäunen, aber auch die nähere Umgebung erfassen mussten. Sie beschlossen zu warten, ob sie entdeckt worden waren oder sich dort etwas rührte. Im Kontaktfall waren sie „harmlose" Touristen. Nichts tat sich, nach einer halben Stunde sahen sie im Inneren eine vierköpfige Patrouille vorbeimarschieren, welche aber nicht in ihre Richtung blickte. Unstrud sah auf die Uhr und sie picknickten. Nach einer Stunde folgte die nächste Patrouille.

„Selbst wenn wir einen Tunnel graben, kommen wir hier wohl nicht so leicht durch. Wer weiß, was für Überraschungen noch im Hinterland warten.", meinte Rondor.

„Ja, komm wir umrunden das Objekt."

Sie packten ihre Sachen ein und begaben sich auf eine mühsame Umrundung, welche beinahe sechs Stunden dauern sollte. Überall sahen sie nur Zäune und Kameras, nur an einer einzigen Stelle führte eine schmale asphaltierte Straße ins Innere, am Tor von scharf bewaffneten Soldaten bewacht. Hinter den Eingangsmauern gab es sogar fest installierte Geschütze gegen Überfälle und Luftangriffe.

Sie begaben sich zurück zum Auto.

„Da hilft nur List, mir fehlt da noch die Fantasie, wie wir dort reinkommen sollen."

„Du hast ja mich, ich habe zwei Tarnanzüge vorbereitet.", Unstrud kramte in ihrem Rucksack.

„Dann halten sie uns für die Ihrigen?"

„Das sind besondere Anzüge, sie wurden beschworen und leiten auftreffendes Licht um den von ihnen eingehüllten Körper. Am Gürtel lassen sie sich auf Durchsicht umschalten, dann sehen wir wieder ganz normal aus. Außerdem sind sie so konzipiert, dass Kopf, Hände und Füße nicht verhüllt werden müssen."

„Klasse Erfindung, zeig mal her!"

Sie zog kaum sichtbare Stoffe hervor: „Morgen probieren wir sie aus. Tagsüber kommen bestimmt Mitarbeiter oder Versorgungsfahrzeuge durch das Tor." Unstrud ließ den Motor an, sie fuhren zurück, gingen jeweils in ihr Hotel.

Früh am nächsten Morgen starteten sie ihr Unterfangen. Bestens im Wald versteckt legten sie sich die Tarnanzüge an und vereinbarten das SOS-Klopfzeichen, um sich eventuell wieder zu finden, dann näherten sie sich flüsternd dem Tor. Wegen der Wildtiere hofften sie darauf, dass es keinen Infrarot-Alarm gab und konnten aufatmen, als sie neben dem Eingang standen. Bald kam auch ein Pkw und schleuste sie ungewollt mit hinein. Hinter ihnen schloss sich das Schiebetor selbsttätig und sie gingen nun Hand in Hand die asphaltierte Straße entlang, ab und zu von Zivilfahrzeugen überholt. Nach zwanzig Minuten Fußmarsch tat sich vor ihnen ein großer Parkplatz auf. Es existierten keinerlei Gebäude, nur eine breite Treppe führte in eine beleuchtete Unterführung. Dahinter erstreckte sich ein riesiges Feld aus Antennen, Sensoren und runden Metallplatten, nur von schmalen Zufahrtstraßen in sechseckiger Wabenform unterbrochen und in der Ferne vom Wald umrahmt. Eben erschien ein Transportfahrzeug, hielt auf einer Metallplatte. Sie öffnete sich beeindruckend unter dem Fahrzeug und eine Hubvorrichtung holte sich den Innencontainer.

Unstrud zog Rondor zur Treppe, sie führte auf eine warmweiß beleuchtete Unterebene mit zwanzig Fahrstuhltüren, am rechten Rand begann eine breite Wendeltreppe ihren Weg in die Tiefe. Vorsichtig gingen sie an der Wand entlang hinab, besahen sich die

Fahrstühle. Sie konnten eine Zahlenreihe erkennen, die bei 0 begann und bei -50 endete.

„Fünfzig Stockwerke in die Tiefe?", fragte Unstrud.

„Sicherlich, gehen wir wegen eventueller Sensoren und zufälliger Personenberührungen lieber die Treppe hinunter."

„Ich habe noch zusätzlich ein Verschleierungsamulett angelegt, trotzdem scheint mir die Treppe besser zu sein. Es könnte interessante Abzweigungen geben."

Lautlos begannen sie den Abstieg. Regelmäßig liefen seitwärts Wartungsschächte ab, nach erster Begutachtung nichts Besonderes. Jede Ebene unterbrach die Treppe durch eine Plattform, auf welcher die Fahrstühle verlassen werden konnten. Daran schloss sich jeweils ein breiterer Gang ins Erdinnere. Einige hundert Meter vor ihrem Ende entfernte sich die Treppe von den Fahrstühlen, ging in weitem Bogen ins Freie über. Der Anblick, der sich ihnen nun bot, ließ sie staunend stehen bleiben. Unter ihnen breitete sich eine gigantische futuristische Stadt aus, schimmerte matt hellgrau von gepflegten grünen Gärten unterbrochen. Zwischen den utopischen Gebäuden ragten einige riesige Stützsäulen gen Himmel, verschmolzen oben langsam mit ihm. Das Wetter schien wie oberhalb der Erde zu sein, selbst Wolken zogen und ließen die Sonne durchblicken. Die unzähligen Glasröhrenaufzüge neben ihnen ermöglichten den schnellen Zugang von der Erdoberfläche und gaben das Bild einer gewaltigen Lichtorgel ab. Für Fahrzeuge und Transportbahnen existierten mehrere ausgeklügelte Wendeltunnel sowie einige Industrielifte in metallisch glänzenden Zylindern. In der Stadt schien alles zu fließen, wie sie unten angekommen feststellen konnten, bewegten sich die Fußwege zwei Fließbändern gleich. Sicher lagen unter den Wegen versteckte Magnetbahnen. Darüber bewegten sich runde Teller von 1,50m Durchmesser für maximal drei Personen in Schrittgeschwindigkeit. Die Räume zwischen den Tellern füllten während der Fahrt stabile Gummilappen, welche ohne Problem betreten werden konnten. Teller und Gummifüllung waren wie Gehwegsteine gemasert und in angenehmerem Hellgrau gehalten. Je zwei Gehwege bewegten sich zwischen den Häusern in Gegenrichtung, links und rechts davon konnte man auch normal laufen. Wollte man einen Teller benutzen, betrat man einen der überall stehenden Exemplare, sprach das Ziel und bestätigte die Wiederholung einer fraulichen Computerstimme mit „Ja!". Die Gummimasse des Fließbandes ließ nun den Teller ins richtige Fließband eintreten. Alle Kreuzungen funktionierten im Kreisverkehr. Zu jeder Zeit konnte das Ziel geändert, „Halt!" gesagt oder herunter getreten werden. Zahlreiche Sensoren im Boden registrierten Verlagerungen, sorgten für reibungslosen Ablauf, stoppten Bänder bei Notfällen. Schnell hatten Unstrud und Rondor alles erfassen können, denn zahlreiche zivil gekleidete Menschen schienen hier zu leben und zu arbeiten. Ihre Stadt pulsierte hoch automatisiert, Fahrzeuge fuhren selten vorbei, dienten wohl nur Sondereinsätzen. An den Häusern hatten Baumeister moderne Architektur erprobt, stabile Materialien mit zahlreichen Kunstwerken verbunden. Kaum ein Haus glich dem anderen, trotz dem harmonierten sie alle, besaßen abgestimmte Ornamente, Türen, Fenster, Balkone, durchsichtige Dächer. Nur an Farben schien gespart worden zu sein, der graue Grundton bewirkte eine gleich bleibende Entspannung. Sie konnten eigentlich alles entdecken, was einer Stadt ihren Charakter gab; Wohnhäuser, Geschäfte, Restaurants, Arbeitsstätten, Amtsgebäude, selbst mehrere Kirchen erhoben ihr kreuzernes Haupt.

„Wo wollen wir jetzt am besten suchen? Ich frage mich, welchem Zweck dient das alles hier?", Rondor rieb sich die Wange.

„Wir müssen effektiv vorgehen. Ich habe da eine Idee. Komm, mir nach!" Unstrud steuerte auf ein kleines Wirtshaus in einer Nebengasse. Rondor folgte ihr vorsichtig.

„Für den Augenblick schlage ich eine Enttarnung in der Toilette und dann ein Gespräch beim Wirt vor."

Sie traten durch die offene Wirtshaustür und gingen unbemerkt in die Sanitärräume, schalteten ihr Anzüge um. Gemeinsam betraten sie die leere Gaststube, setzten sich an den Tresen. Unstrud bestellte zwei Glas Wasser und starrte dem Wirt in die Augen. Nach dem Abstellen der Gläser blieb sein Blick hypnotisiert an ihr haften und Unstrud begann Fragen zu stellen.

„Wo befinden wir uns?"

„In meinem Wirtshaus *Zur Eiche*."

„In welcher Stadt liegt ihr Wirtshaus?"

„In der Forschungsstadt Alpha zweitausend Meter unter der Erde."

„Wozu wurde die Stadt gebaut?"

„Sie dient reinen Forschungszwecken, Tiefenuntersuchungen zur Erdbebenvorhersage, Erfassung von Daten im Erdinneren, Studium eines Lebens unter der Erdoberfläche bei Klimakatastrophen oder Überbevölkerung. Ich bin kein Spezialist für die verschiedenen Bereiche."

„Weshalb gibt es die Stadt gerade hier?"

„In ganz frühen Zeiten gab es hier ein Höhlensystem und Menschen haben die vorhandenen Hohlräume genutzt. Nachdem im Inneren alles zusammengefallen war, aber die starke Bodendecke erhalten blieb, entwickelten Futuristen unsere Stadt."

„Gibt es hier Informationen über das Altertum, die frühen Menschen?"

„Ja, im Stadtmuseum."

„Wo liegt das?"

„Drei Querstraßen weiter.", der Wirt zeigte links von sich.

„Bezahlt man hier mit speziellen Karten?"

„Alles in der Stadt bezahlt das Forschungsministerium."

„Gut."

Unstrud wandte ihren Blick ab. Der Wirt schaute nur kurz verwundert, als hätte er eben einen Blackout gehabt, spülte ein paar Biertulpen.

„Danke für das Wasser. Auf Wiedersehen!"

„Wiederseehn!"

Sie verließen die Wirtsstube und suchten das Museum. Es war nicht zu übersehen, in großer weißer Schrift prangte Stadtmuseum über einem breiten Eingangsportal, das einem U-Bahn-Zugang glich. Im Inneren fanden sie nachgestaltete Höhlen, an deren

Seiten zahlreiche alte Gebrauchsgegenstände unter Glas aufgebahrt lagen. Nach langem Suchen fanden sie unter den vielen Gegenständen ein aus bunten Steinen zusammengestelltes Mosaik. Es zeigte ihre Kristalle, jeweils mit zugeordneten Mustern. Unstrud hatte an alles gedacht und geschwind zeichnete sie diese auf mehrere Blatt Papier, für die genaue Anordnung schoss sie mehrere Fotos. Irgendwie glichen die Formen alten germanischen Runen und umrahmten gleichmäßig die Kristalle. Das Mosaik selbst konnte als sehr hübsche Palast-Bodenverzierung durchgehen. Als sie das Museum verließen, spürte Rondor plötzlich einen Blick auf sich haften, er erkannte in einiger Entfernung den Russen, der ihm auf der Esoterikmesse ein Bein gestellt hatte. Vier weitere bullige Männer umgaben ihn und setzten sich in ihre Richtung in Bewegung.

„Schnell weg…", rief Rondor zu Unstrud, „…ins Wirtshaus…", und zeigte auf den Russen. Sie rannten, was sie konnten. Kaum hatten sie sich im Klo getarnt, wurden auch schon die Türen aufgerissen. Die Männer durchsuchten jeden Winkel, konnten aber niemanden entdecken und zogen sich in den Schankraum zurück. Im Ausgangsflur stießen die beiden Unsichtbaren gegeneinander, begaben sich eiligst auf den Rückweg. Im Dauerlauf liefen sie die Strecke zurück und legten erst vor dem Tor eine Verschnaufpause ein, folgten bald einem Lieferwagen durch die Sperre. Die Iwans suchten sicher noch in der Stadt und etwas beruhigter marschierten sie zum Parkplatz. Dort wartete auf sie die nächste Überraschung. Eine Gruppe Motorradrocker stand neben ihrem Fahrzeug und schenkte ihm unangemessen viel Beachtung.

„Etwas viel Schläger für einen Tag.", Rondor blieb stehen.

„Enttarne Dich! Das Problem lösen wir auch noch."

Sie gingen weiter.

„Na ihr beiden Hübschen, gehört Euch dieses Waldvehikel?"

„Ja, es steht unter Polizeischutz, ich habe gerade meinem Vater Eure Kennzeichen durchgegeben. Also macht Platz, sonst gibt es gleich Blaulicht.", Unstrud hob ihr Händi in die Höhe.

„Gemach, gemach, wir wollen keinen Ärger, macht Platz Jungs!"

Breit lächelnd ließen sie Rondor und Unstrud einsteigen. Der Anführer der Bande winkte hinter ihnen ab, ließ sie unbehelligt davon fahren.

„Das hätte eben voll daneben gehen können. Dein Vater ist doch bestimmt kein Polizist."

„Vielleicht, ich bin Vollwaise. Vertrau einfach Deiner Hexe."

Kommunisten?

Im Tower des sibirischen privaten Flughafens brannten an diesem trüben Tag alle Leuchtkörper, die hübschen Häuser rund um die Landebahn flackerten mit ihrem Licht gleich einem Schwarm Irrlichter, Strahler fluteten das ganze sonstige Gelände. Unzähliges Personal lief umher, wartete Hubschrauber, Flugzeuge und andere technische Gerätschaften auf dem Platz und im riesigen Hangar. Überall sah man in den Boden eingelassenes Metall, dessen Bestimmung nur bei genauerem Betrachten ersichtlich wurde, oft aber für den Laien im Verborgenen blieb. Unzählige Röhren wiesen darauf hin, dass es ein unterirdisches Netzwerk für Maschinen und sonstige Ausrüstung geben musste. Antennenauswüchse ließen Sender vermuten, würfelähnliche Gebilde dienten sicher als schwenkbare Rundumkanonen. An mehreren Luken starteten und landeten ferngesteuerte Kugeln mit kleinen Triebwerken.

„Wir haben überall unsere Leute.", Viktor goss seinen Wodka hinunter,
„Im NATO-Hauptquartier sitzen drei Informanten und füllen regelmäßig Makro-Rechner unseres Zentralclusters, wir besitzen immense Datenmengen. Ein Heer von Analysten arbeitet daran Tag und Nacht, stellt wichtige Statistiken zusammen. Dazu kommen genaue Berichte aus Alpha, die deutsche Forschungsstadt gibt den größten Teil ihrer Daten selbst an die Öffentlichkeit, alles andere vermitteln treue Wissenschaftler, wir erhalten fundierte Abhandlungen aus erster Hand.
Sorgen bereiten uns derzeit eher verschiedene Mafiaringe, sie zeigen seit einigen Monaten militärische Bestrebungen, mischen aktiv im Waffenhandel mit und unser Einfluss schwindet rapide; die Agenten müssen das Geschehen weiter beobachten, um brauchbare Rückschlüsse ziehen zu können. Wir beziehen nur

wenige Materialien über diesen Versorgungsweg.", er drückte seine Stirn in Waschbrettfalten, sein graues Bürstenhaar bewegte sich.

„Neuerdings agiert auch eine Geheimgesellschaft, die uns durch unsere medial fähigen Mitarbeiter aufgefallen ist, sehr aktiv. Sie heißt *Goldene Krone* sitzt in der Schweiz und sammelt mythische Gegenstände in einem Museum. Auf einer Esoterikmesse wurde ihr ein platonischer Körper aus Bergkristall gestohlen. Er könnte theoretisch der Schlüssel zu einer unbekannten Energiequelle sein. Sie ist vielleicht uralt oder sogar außerirdischen Ursprungs, unsere Spezialisten bleiben dran. Wir wollen auch auf bisher nicht wissenschaftlichen Bereichen wirken und auffällige esoterische Energiemuster beeinflussen, die Aura eines Gegners verändern zu können, wäre etwas ganz Neues.

Und zu guter Letzt etwas Positives, soweit wir wissen, gibt es von keinem Staat Aktionen gegen unsere Organisation. Laut unseren Geheimdienstlern sind wir derzeit unbekannt. Das bestätigt auch meine unabhängige Kontrollkommission, die ich eigens dafür eingesetzt habe. Sie kontrolliert und sucht ständig nach Sicherheitslücken in der Geheimhaltung und macht mir Vorschläge."

„Danke Viktor für den kurzen Lagebericht, ich denke wir haben an den wichtigsten Punkten unsere Späher und Sensoren aktiviert. Die Forschungsstadt arbeitet eng mit den großen Weltraumbehörden zusammen, so dass wir uns damit nicht abmühen müssen. Neue Forschungsstätten sollten von uns aber nicht unbeobachtet bleiben und gezielt besucht werden."

„Auch dafür haben wir ein Team."

„Ausgezeichnet. Sascha, was kannst Du uns berichten?"

Der schmale Blondschopf setzte sich schnurgerade:

„Für künftige Mitstreiter haben wir unser Auswahlverfahren verfeinert. Möglichst über Freundschaften, Bekannte oder frühere Kontakte akquirieren wir unser Personal. Nicht vor einem halben Jahr werden die Kandidaten mit dieser Einrichtung vertraut gemacht und bekommen erst nach und nach geheimes Wissen vermittelt. Unabhängig davon wird ihr vorgehender Lebenslauf gründlichst untersucht und die politische Einstellung getestet. Mit Partys haben wir gute Erfahrungen gemacht, wir achten auf bestes Betriebsklima und überdurchschnittliche Bezahlung. Durch Mehrjahresverträge haben wir alle recht gut an uns gebunden. Auch beim Ausscheiden sichern wir ihnen eine neue Existenz zu. Sollte es einmal Verräter geben, denken wir vorerst nicht an die Todesstrafe. Es wurde, falls Disziplinarmaßnahmen erforderlich wären, ein extra Gefängnistrakt angelegt. Und ganz nebenbei: Unsere Küche ist vorzüglich. Ich sehe derzeit keine Probleme."

„Schön, Iwan steht unsere Verteidigung?"

Das Bullengesicht lachte breit:

„Erstklassig. Um keine Aufmerksamkeit zu erregen, verzichteten wir auf militärisch wirkende Hinweisschilder. Die ganze Gegend wird gescannt. Zufallspatrouillen aus sieben Mann streifen durch das Gelände und warnen Zivilisten, falls in dieser Einsamkeit jemand auftaucht. Eine KI überwacht die Personenanzahl und schlägt bei Unstimmigkeiten Alarm. Breit gestreut fliegen leise Drohnen umher oder liegen in Gebüschen. Sie erzeugen harmlose Bilder zur Ablenkung, räumlich und vor allem nach oben, falls jemand zu nahe kommt. Aggressive Leute können wir auf unbestimmte Zeit festsetzen. Aber meine Männer töten auch im Kriegsfalle, unsere gemeinsame Sache hat höchste Priorität.", er holte geräuschvoll Luft, „Einem groß angelegten Militärangriff könnten wir uns durch Täuschung und getarnte Flucht entziehen. Eine vollständige Evakuierung und Sprengung wäre innerhalb von 15Minuten bewerkstelligt."

„Gut gemacht. Nun zu Dir, Pjotr, funktionieren alle Tarnfelder unseres Großprojektes?"

Pjotr wirkte unauffällig in seiner blauen Uniform, seine Stimme klang gleichmäßig:

„Seit drei Monaten ununterbrochen. Wir haben alle Antriebe justiert und im Dauerbetrieb getestet. Die Energieversorgung lief monatelang unter Vollbelastung durch Dummyabnehmer. Die Antigravitationsspender harmonieren prächtig. Mittlerweile sind alle KI's vernetzt und die letzten Softwaretests wurden fehlerfrei abgeschlossen. Unzählige Havariesituationen wurden geprobt und die Lebenserhaltungssysteme bis an die Grenzen gefordert. Bei kleineren Komplikationen an Gerätehüllen fanden Materialverstärkungen statt. Zahlreiche Notfallpläne wurden ausgearbeitet und ordentlich trainiert."

„Was machen die Waffensysteme?"

„Rings um die Plattform, darüber und darunter wurden gleichmäßig 80 Megawehr installiert. Unsere Megawehr besitzen jetzt nach der Aufrüstung 10000 parallel liegende Rohre, damit liegen wir bei einer Billiarde Schuss pro Sekunde und pro Waffe. Sie reagieren auf alle militärischen Ziele außerhalb, wenn die Computersteuerung ausfallen sollte und lassen sich jederzeit manuell bedienen, auch mit Automatikunterstützung."

„Beeindruckend."

„Dann besitzen wir neuerdings 5000 KI-gesteuerte Kampfdrohnen mit zahlreichen hochauflösenden Kameras für alle relevanten Lichtverhältnisse. Diese können aus unterschiedlichstem Material neue Munition und Waffen formen und sich sogar selbst reparieren. Sie besitzen Hochleistungsantriebe und können gezielte Jagd auf andere Drohnen machen."

„Sehr gut."

„Erste Amphibienflügler kommen morgen, sie können tauchen, fahren, fliegen und sind für Kurzstrecken weltraumtauglich."

„Die Amphibienflügler kenne ich noch nicht, können Sie mir einen im Hologramm zeigen?"

„Natürlich.", Pjotr bediente eine Tastatur auf der Tischplatte und ließ darüber ein 3D-Modell rotieren. Auf einem Sockel drehte sich ein Adventsstern und reflektierte silbriges Licht.

„Der Sockel ist der Antrieb in der Allform für den luftleeren Raum. Die maximal 6 Piloten sitzen im Zentrum. Je nach Fortbewegungsart formt sich das Außenskelett.", er drückte auf einen Knopf. Es bildete sich ein Düsenflieger, der über den Wolken dahinflog. Beim nächsten Knopfdruck formte sich ein gewaltiger Geländewagen, der irgendwo in den Alpen einen

Berggipfel hinaufrollte. Das letzte Bild brachte ein kleines U-Boot hervor und scheuchte in der Tiefsee seltsame Wesen auf.

„Für den Außenbetrachter wird ein möglichst harmloses Bild simuliert, eine Tarnung nach modernstem Stand ist ebenfalls möglich."

„Ich bin zufrieden für heute, dann bereiten Sie alles auf einen Test unserer Plattform vor. Ich bin gespannt, was die KI's alles drauf haben. Wer hätte das je gedacht, mit Technologie ersetzen wir vielleicht eine neue sozialistische Revolution durch gezielte Schläge und Drohungen."

„Ja, Genosse Glynokowitsch, wir läuten eine ganz neue Ära ein."

„Halten Sie mich auf dem Laufenden!"

„Jawoll!", schmetterten die Offiziere und Pjotr öffnete die Tür und salutierte.

Anatoli Glynokowitsch stieg draußen in einen Doppelflügelrad-Hubschrauber mit unterhalb angebrachten Antigravdüsen, winkte den Soldaten in Tarnanzügen zu, startete senkrecht und verschwand pfeilschnell in den Wolken.

Ins Gebirge

Mit den fotografierten Mustern aus der Stadt Alpha konnten Unstrud und Rondor wenig anfangen, deshalb suchten sie weiter in den Sylvestertexten nach den Verstecken der Bergkristalle.

```
Von Winterland umringt,
Schlug das Herz, im Echo des Himmels,
Trotz krachendem Frost,
Eins, Zwei, Drei für den Norden,
Oben in der Wälder Felder
wohnt ein alter Rübenzähler.
Bete leise im Angesicht,
uralt Gemäuer Schwerter bricht.
Gefroren des Wiedersehens Tränen,
Weissagende Gesten, Zaubrisch,
```

„Sinnreiche Reime hat sich unser Sylvester ausgedacht. Jetzt müssen wir im Wald die Baumgipfel absuchen.", Rondor schüttelte lachend den Kopf.

„Er hat damals noch nicht ans Internet gedacht.", Unstrud spielte auf der Tastatur ihres Laptops. „Das auffälligste Wort ist Rübenzähler. Rüben, Zähler klingt eigentlich nach Landwirtschaft. Unter Rübenzahl kommt hier unten Rübezahl-Sagengestalt. Und wo haust die, na?"

„Rübezahl? Im Riesengebirge. Weiß doch jeder."

„Genau. Sehenswürdigkeiten … Riesengebirge. Wanderrouten Bauden, Schlösser, Burgen, Klöster. Bete leise im Angesicht…bestimmt ist ein Kloster gemeint.", Unstrud durchsuchte die aktuelle Seite. „Ich finde hier ein Wehrkloster, etwa 1100 Jahre alt. Das passt doch zum Spruch."

„Ja, das ist es.", freute sich Rondor

„Liegt ziemlich abgelegen südlich der Schneekoppe. Auf ins Tschechenland."

Unstrud druckte die Informationen aus und klappte flink ihren Laptop zusammen. Rondor stand auf und lief hin und her:

„Ich liebe solche erfolgreichen Abenteuer. Du kannst den Wagen starten. Oder brauchst Du neue Klamotten?"

„Nein. Ich kann mir unterwegs etwas kaufen oder im Hotel waschen lassen."

Sie verstauten ihre Utensilien im Auto und schon fuhren sie auf schnellem Wege Richtung Zittau, Richtung tschechische Grenze. Rondor las aus den Drucken vor:

„… Im Riesengebirge finden sich zahlreiche Minerale und Gesteine zum Beispiel Bergkristall. Sie mal einer an. Hauptsächlich haben wir es mit Granit zu tun. Zum Draufbeißen … Wo fahren wir eigentlich genau hin?"

„Nach Spindleruv Mlyn, Spindlermühle stand in Klammern. Irgendwo dort entspringt die Elbe und die vielen Hotels weisen auf ein Touristikdomizil hin. Dort dürften wir kaum auffallen."

„Aber nur mit Doppelzimmer."

„Ja, mach Dir aber keine nächtlichen Hoffnungen, wir haben wichtigere Aufgaben."

„Ich hoffe nur auf Bergkristall."

Durch Misch- und Fichtenwälder, nur von kurzen Pausen unterbrochen fuhren sie an ihr Ziel und buchten ein gemeinsames Zimmer. Unterwegs erlebten sie häufige für das Riesengebirge typische Wetterumschwünge, derzeit gespensterte die gesamte Umgebung in dichten Nebel gehüllt. Nachdem sie richtig ausgeschlafen hatten, packten sie Proviant vom Frühstücksbuffet ein, fuhren auf einem holprigen Gebirgspfad zum Wehrkloster. Die Bäume lichteten sich langsam, von weitem zeichneten sich schroffe schmutziggraue Granitvorsprünge ab, als hätte die Natur bewusst Aussichtsplattformen geschaffen. Je näher die beiden Abenteurer herankamen, desto mehr Details konnten sie in den bewachsenen Felsen ausmachen. Sie wirkten wie eine durchfurchte Wand aus einem magischen Fernsehfilm, eher beängstigend als einladend, doch irgendwie künstlerisch anheimelnd. Bald entdeckten Rondor und Unstrud eine Serpentinenstraße, welche sich langsam emporschlängelte und auf der anderen Seite verlor. Sie fuhren gut eine halbe Stunde nach oben, bis sie auf einem der Vorsprünge künstliche Mauern entdeckten. Gleich einer riesigen Krone mit Wachtürmen schmiegte sich das Kloster an die Felsen. Die Mauern bestanden aus dem Material der Umgebung, so dass man hätte meinen können, Wind und Wasser hätten die wundervollen Gebäude und Verzierungen geformt. Die Straße endete vor einem uralten verwitterten Tor, das wohl den einzigen Zugang darstellte. Früher verband sicherlich eine Brücke das Tor mit dem Höhenweg, der noch erkennbare Graben war zugeschüttet worden. Der Gras bewachsene Vorplatz wies wenig darauf hin, dass sich hierher öfter Wanderer verirrten. Der Ort wirkte verlassen und vergessen, von keinem traditionsbewussten Museum gepflegt.

„Der Ausblick ist fantastisch. Hier wohnen möchte ich nicht.", Rondor kletterte aus dem Fahrzeug.

„In der Einsamkeit lässt sich's meditieren. Komm wir klopfen an die Tür.", Unstrud nahm ihre Tasche, schloss den Wagen und lief enthusiastisch Richtung Tor.

Rondor folgte ihr. Zwei große eiserne Ringe zierten das zwei Mann hohe Holztor, dienten Gästen sich bemerkbar zu machen. Unstrud ließ einen Ring dreimal gegen das Tor fallen. Eine Zeit lang geschah nichts, dann hörten sie im Inneren ein Rascheln, das auf sie zukam. Ganz langsam und laut knarrend öffnete sich die rechte Torhälfte.

„Dobrui djen.", hüstelte ein grauhaariger Greis in brauner Kutte, der auf einmal herauslugte.

„Dobrui djen, nemezki.", Unstrud wies auf sich und Rondor.

„Guten Tag.", sprach der Greis nun tschechisch näselnd, „Hier bei uns lernt fast jeder deutsch. Schön dass Sie uns besuchen. Leider sind wir hier nicht auf Touristen eingestellt. Wir liegen auf keiner Wanderroute und in vielen Karten wird dieser Ort oft gar nicht erwähnt. Möchten Sie das Kloster besichtigen?"

„Sehr gern.", zwitscherte Unstrud.

„Ich bin Vater Johannis, der Älteste hier. Willkommen in unserem Heim.", er öffnete den Türflügel ganz weit und ließ ihn nach dem Durchschreiten der beiden wieder ins Schloss fallen.

Die Außenmauern des Klosters waren von Arkaden gesäumt, darüber verliefen unzählige Gänge, welche die frei stehenden Gebäude miteinander verbanden. Genau in der Mitte befand sich die riesige Kathedrale, die schon von außen den Anblick einer Kronenspitze vermittelte.

„Wir heißen Unstrud und Rondor.", meldete das Mädchen.

„Aha, angenehm. Mit mir leben hier 32 Benediktiner, die sich der Bergwirtschaft und dem Kampfsport verschrieben haben. Wir besitzen weiter unterhalb größere Kräutergärten und versorgen uns mit dem Nötigsten selbst. Unweit von hier entspringt eine Quelle deren Wasser durch unsere Gebäude und Landwirtschaftsflächen fließt. Unsere Bergziegen liefern besten Käse und unsere Kräuterschnäpse finden in den Hotels reißenden Absatz. Wir leben friedlich im Einklang mit Gott und seiner Natur."

„Sie als Mönche treiben Kampfsport?", Rondor schaute zu Unstrud.

„Vor vielen Jahren kam mein Vorgänger auf die Idee, Meditation mit Körperbeherrschung zu verbinden, schließlich wohnen wir in einem Wehrkloster. Deshalb treiben wir nun regelmäßig Sport, üben Judo und Karate und Bogenschießen. Kommt hier entlang!"

Vater Johannis führte seine Gäste durch das Areal, erklärte ihnen, in welcher Epoche die einzelnen Trakte entstanden, wo Unterkünfte und Gemeinschaftsräume lagen. Überall breitete sich eine Schlichtheit aus, man vermutete kaum größere Schätze hinter diesen Mauern, geschweige denn heimliche Verstecke. Einzig die Kathedrale besaß golden verzierte Kunstwerke, der Altar war überaus reichlich geschmückt und trug ein goldenes Kreuz. Auf Einladung der gleich gekleideten Mönche nahmen sie am Mittagsgebet teil. Darauf begaben sie sich in einen rechtwinkligen Speisesaal, setzten sich auf lange helle Bänke und aßen mit den Klosterbewohnern an einem sicher zehn Meter langen

Fichtenholztisch eine Gemüsesuppe. Nach dem Essen unterhielten sich die Anwesenden, alle Mönche des Klosters waren gekommen und Unstrud erzählte Vertrauen erweckend ihr wahres Anliegen. Darauf diskutierte Johannis mit seinen Brüdern und wandte sich gleich wieder an seine Gäste:

„Wir wissen nichts von einem magischen Stein, nur dass unser Altar angeblich Kräfte des Bösen vom Kloster fernhält. Unter ihm befindet sich eine Gruft. Dort könntet ihr vielleicht etwas finden. Ich darf sie Euch zeigen, ob Ihr den Stein mitnehmen dürft, wird ein Konvent entscheiden."

„Wir würden uns mit einer großzügigen Spende ans Kloster erkenntlich zeigen.", bemerkte Rondor.

„Es liegt nicht allein bei mir.", Johannis wies ihnen zu folgen.

Entfernt prasselte etwas gegen eine Wand, es klang weniger wie Regen, eher wie kleine Detonationen. Die Mönche hörten auf zu diskutieren und einer von ihnen begab sich nach draußen, um nachzusehen. Aufgeregt kam er sofort wieder hineingestürmt, erzählte aufgeregt etwas auf tschechisch, das Unstrud und Rondor nicht verstanden, alle drängelten sich nun hinaus. An zahlreichen Stellen des Klosters versuchten schwarze Bienenschwärme einzudringen, die Punkte explodierten an einer unsichtbaren Barriere, die scheinbar selbst ihre Ausdehnung änderte und die Schwärme zurückwarf.

„Ich glaube nicht an Zufälle, jemand anderes hat ebenfalls Interesse an unserem Kristall."

Johannis schüttelte den Kopf: „Kommt findet den Stein und nehmt ihn mit Euch. So etwas habe ich in meinem ganzen Dasein noch nicht erlebt. Er führte sie zum Altar, schob dahinter eine Gesteinsplatte zur Seite und gab eine Wendeltreppe in die Gruft frei. Er entzündete eine Fackel und stieg vorsichtig hinab. Unstrud und Rondor folgten.

„Ich glaube nicht, dass der Stein die Dämonen abhält, unser Altar mit heiligen Gebeinen schützte schon immer vor schwarzer Magie. Ich denke, dieser wichtige Kristall braucht ein neues zu Hause."

In der Gruft existierten zahlreiche Sargnischen, die meist leer waren, dafür gab es überall lateinische Inschriften. Johannis half beim übersetzen. Viel konnten sie mit den Widmungen nicht anfangen. An einer Stelle stand:

Hier ruht der Geist vom Glockenturm.

Der Text passte zu keinem Grab.
„Wenn hier unten nichts zu finden ist, weist uns diese Abweichung auf den Glockenturm. Können wir hinaufgehen?", Unstrud blickte zu Johannis hinüber.
„Ja, wenn Ihr hier alles gesehen habt.", Johannis stieg die Treppe wieder nach oben und verschloss, als sie alle draußen waren, die Gruft.
„Zum Glockenturm geht's dort hinauf."
Von außen schallten noch immer Detonationen, die plötzlich aussetzten. Nach unzähligen Stufen befanden sich die Suchenden ganz oben. Aus dem Fenster waren keine Bienenschwärme mehr zu sehen, als hätte es sie niemals gegeben. Unstrud untersuchte alle Vertiefungen, klopfte an die Wände und fand tatsächlich einen gut getarnten Hohlraum. Johannis gestattete Ihr, mit einem kleinen Hammer einen Durchbruch zu erreichen. In der Kammer lagen vergilbte Schriftstücke, ein paar uralte Münzen und eine kleinere verwitterte Holztruhe. Unstrud schlug sie auf, da funkelte ihr ein Bergkristall entgegen, wie aus einer ewigen Dunkelheit befreit, ein Hexaeder, ein vollkommener Würfel.
„Steckt ihn ein, ich werde die Verantwortung gegenüber meinen Brüdern später wahrnehmen. Es ist besser, wenn sie nichts davon wissen. Wir haben nur alte Schriftstücke gefunden."
„Vielen Dank.", Rondor drückte dem Greis einen Geldschein in die Hand, „Für Ihr Kloster."
„Ich danke im Namen des Klosters, gehen wir nach unten.", der Greis griff vorsichtig nach dem Geländer.
Vom Eingangstor her wummerten laute Schläge. Ungebetene Gäste? Es erhob sich ein lautes Gezeter und die drei Turmbesteiger

schauten durch ein Fenster nach unten. Durch den luftigen Spalt der Torflügel drangen zigeunerhaft aussehende Gestalten. Ein Mönch mit rotem Loch im Bauch ging zu Boden und aus dem Handgemenge entwickelten sich Nahkampfszenen. Innerhalb weniger Minuten gingen die Angreifer zu Boden. Außer ihrem Verwundeten verbuchten die Mönche wenig Rückschläge und fesselten nach und nach die Eindringlinge; sie zählten fünfzehn Männer, die ihrer Messer und Pistolen entledigt worden waren.

„Wir haben einen Arzt unter uns.", bemerkte Johannis, sehen wir nach, wer so militant bei uns Einlass begehrt.

Als die drei Zuschauer ankamen, hatten die Mönche den Anführer auf einen Stuhl gesetzt und versuchten vergeblich, ihn zu befragen, denn Folter war ihnen von Natur aus fremd. Unstrud fackelte nicht lange, bat um Ruhe und hypnotisierte den grobschlächtigen Mann.

„Was sucht Ihr hier?"

„Einen Bergkristall, der hier versteckt sein soll."

„Wie sieht der aus?"

„Das wissen wir nicht."

„Wer hat Euch geschickt?"

„Eine Blondine hat uns viel Geld gegeben, bei Lieferung gibt es den zweiten Teil."

„Wann und wo trefft Ihr euch?"

„Morgen auf einer Waldlichtung."

„Gut, genügt mir."

Sie ging zu Johannis hinüber und besprach etwas mit ihm.

„Komm, wir gehen!", forderte sie Rondor auf.

Ein Mönch öffnete ihnen das Tor und sie winkten den anderen zum Abschied.

„Trotzdem noch schönen Urlaub." rief Ihnen Johannis auf deutsch und noch einmal auf tschechisch zu, dann schloss sich das Tor.

„Was hast du denn besprochen?", fragte Rondor draußen.

„Wir bekommen drei Stunden, um zu verschwinden, dann lassen die Mönche die Bande wieder laufen, natürlich außer dem Messerstecher und nach einer Entschuldigung. Sie geben ihnen irgendeinen Kristall, den sie vor kurzem in den Bergen gefunden haben."

„Na gut. Hauptsache die Bienenschwärme kommen nicht auf die Idee, sich auf uns zu stürzen.", Rondor öffnete seine Autotür.

„Ich glaube, die haben sich zurückgezogen.", Unstrud startete den Motor und sie fuhren davon.

Krieg oder Frieden

Russland gehörte seit einigen Jahren zur NATO, besaß aber immer noch einen Sonderstatus, eine gewisse Unabhängigkeit gegenüber den anderen Mitgliedstaaten. Argwöhnisch beäugten die Amerikaner deshalb nach wie vor, welche zusätzlichen geheimen Aktivitäten in dem riesigen Land ihren Schweif zogen. Viele entlegene Forschungseinrichtungen blieben den russischen Verbündeten verborgen und immer wieder tauchten schon vollendete neue Waffensysteme auf, sorgten für große Überraschungen. Außerdem stand Russland unter dem Dauerverdacht systematisch Industriespionage zu betreiben. Der Konflikt zwischen Russland und seinen Freunden spitzte sich zu, als erste Meldungen von entwendetem Kriegsgerät im NATO-Hauptquartier eintrafen. Die Ortungs- und Waffensysteme stammten eindeutig von den verschwundenen Schiffen nach denen die NATO seit längerem suchte. Die Waren tauchten vereinzelt auf russischen Schwarzmärkten auf, schienen dann großteils in dunklen Kanälen zu verschwinden. Ausgehend von der Ostsee wurden vereinte Kampfverbände um ganz Russland postiert, die NATO organisierte häufige Manöver an den Grenzen des Landes. Das riesige Reich mobilisierte seine Abwehrsysteme, rief zahlreiche Kasernen in Alarmbereitschaft; gleichzeitig dementierte sein Außenminister heimliche Waffenimporte, die Regierung genehmigte jedoch UNO- und NATO- Kontrollen, eine gewisse Pattsituation blieb dauerhaft bestehen. Am Anfang sah man überhaupt keine Zusammenhänge, doch dann fanden Gefechte zwischen Kriminellen und internationalen Spezialeinheiten statt; Discotheken wurden gestürmt, Millionengeschäfte aufgedeckt und trockengelegt. Unzählige Superreiche erlebten ihre Verhaftung und stundenlange Verhöre. Die Ermittler tappten wie in einem Irrgarten umher, fanden nach einiger Zeit heraus, dass verschiedene politische Gruppierungen sich mit Waffen eindeckten. Besonders rückten kommunistische Kampfverbände ins Blickfeld, sie organisierten regelrechte Massentransporte. Bisher waren sie als unbedeutende Splittergruppen registriert worden, doch musste dahinter eine größere Organisation ihr Unwesen treiben. Als Handlanger wurden Rechtsradikale aufgestachelt, bekamen gezielte Tipps, überfielen einzelne Kommunistengruppen. Vor allem sollten die rote Schlagkraft und die spezielle Kommandostruktur getestet und aus der Konzentration der Truppen ihre Ziele abgeleitet werden. Einzelne Gefangene konnten keine Aussagen über den letztendlichen Sinn ihrer Unternehmungen machen, mehr ihre Existenzängste als ihre Überzeugung lagen in ihrem Handeln; die so genannte *gute Sache* war unbekannt.

Grelle Blitze durchzuckten den späten Dämmerhimmel, immer häufiger erklangen Maschinengewehrsalven, musizierten diese ihr eigenes Konzert. Ein abgelegenes Dorf im Kaukasus zentrierte militärische Aktivitäten auf sich, flackerte dämonisch und zeigte wie ein aufgeschrecktes Tier seine ausgefahrenen Krallen. Todesschreie von Verletzten verloren sich in der Ferne, signalisierten den Kampf bis zum Ende. Überall aus versteckten Vorsprüngen und dichten Waldungen wurde geschossen, sah man schemenhafte Gestalten auf die Bauernhöfe gerichtet. Die noch lebenden Bewohner verschanzten sich so gut es ging, hatten eine geballte Munitionskraft entgegen zu setzen, die aber nach einer halben Stunde langsam verebbte. Nach einer weiteren halben Stunde war die Gegenwehr erloschen und die Angreifer warfen sicherheitshalber Handgranaten in die Hütten. Danach rückten sie vor, durchsuchten jeden Winkel des Ortes und übergaben ihn vollständig den Zungen eines Flammeninfernos. Die Sieger sammelten sich, sangen gemeinsam ein patriotisch-russisches Nationallied, standen stramm mit erhobenem Kinn und riefen: „Für Mütterchen Russland, für unsere Heimaterde!"

Ihr Geschäft endete wie so oft erfolgreich; der Anführer fertigte für seine Auftraggeber ein Protokoll und die erbeuteten Waffen konnten abtransportiert werden.

„Ich fühle mich nicht ganz wohl bei der Sache.", Glynokowitsch stand über eine ausgebreitete Landkarte gebeugt, „Haben wir wirklich alles ausreichend durchdacht und durchgespielt? Welche Schwachstellen fallen noch auf?"

Viktor legte eine Namenliste neben die Karte: „Wir setzen nur unsere eigenen Leute an die Positionen, absolute Profis. Jeder hat eine Schulung hinter sich und besitzt eine ausgefeilte Geschichte, falls er wider Erwarten gefasst werden sollte. Alle Darstellungen passen wie ein falsches Puzzle perfekt zusammen. Wir haben in diesen Dingen doch jahrelange KGB-Erfahrungen. Aber ich schätze, eher wird der Feind vernichtend geschlagen, als dass wir einen unserer Leute verlieren. Der verlustfreie Abzug wurde von unseren Verbänden vor Ort geprobt, innerhalb von zwei Minuten werden alle verschwunden sein."

„Also, wir kaufen von einem ausgemachten Spion Waffen, lassen uns dann verfolgen. Beim Angriff der Nationalisten verwenden wir Kraftfelder um unsere Leute, sie fliehen durch die Luft und wir überlassen den Anderen ein riesiges Waffenlager. Klingt simpel. Warum sollten die Spezialkräfte darauf reinfallen?"

„Weil das gelagerte Material fast fünftausend Mann aufrüsten könnte. Außerdem liegen bewusst seltene Hitec-Geräte darunter, natürlich sind davon viele Gesuchte aus dem Ausland dabei. Wir haben uns sehr viel Mühe mit ein paar getürkten Plänen gegeben, die wir zurücklassen, Angriffe auf Banken und andere Institutionen des Großkapitals sowie auf Betriebe, die wir eigentlich nicht angreifen wollen."

„Ihr habt scheinbar alles gut vorbereitet. Überprüft noch einmal den geordneten Rückzug!", Glynokowitsch holte tief Luft, „Wie verhindern wir die Weitersuche dieser mächtigen Gegner?"

„Unsere Bestellungen liegen nach der Aktion mindestens drei Monate völlig auf Eis. Die vergangenen langfristigen Planungen erlauben es, fast ein halbes Jahr ohne Einkäufe klar zu kommen. Die geplanten Manöver und fingierten Angriffsszenarien können wir ungehindert weiter trainieren. Unsere Informanten arbeiten bisher unentdeckt und sehr zuverlässig. Wenn wir keine weitere Aufmerksamkeit auf uns ziehen, bleiben unsere Aktivitäten noch lange verdeckt und wir können ungestört unsere Strategien und Taktiken besser vorbereiten. Ich sehe derzeit nirgendwo ernsthafte Probleme."

„Ich vertraue auf Deine Einschätzung, bereitet trotzdem die Plattform auf einen Dauereinsatz vor, für alle Fälle. Ihr habt grünes Licht. Lasst die Ermittler ins Leere laufen!"

Erneut stießen nach längerer Beobachtung Nationalisten in unwegsames Gelände vor. Sie hatten die Gegend schon lange ausgekundschaftet und waren überzeugt, wieder einen Erfolg verbuchen zu können. Unregelmäßig verstreut existierten zahllose Warnsysteme; Sprengfallen konnten von den Kundschaftern keine ausgemacht werden, deshalb rückten sie in Massen von allen Seiten gleichzeitig vor und wollten im Blitzangriff die Kommunisten überwältigen. Der frühe Morgen unterstützte sie bei ihrem Angriff, verdeckte eigentlich die Absicht hervorragend. Was sie nicht ahnten, getarnte Drohnen überwachten von Anfang an alle ihre Aktivitäten und bereiteten die Flucht der Verteidiger vor. Für die Angreifer fühlten sich die Kommunisten in dieser Abgeschiedenheit scheinbar sicher. Die wenigen Wachposten setzten kaum Widerstand entgegen, flohen angesichts der Überzahl ihrer Gegner auf versteckte Anhöhen und flogen mit ihren vorher gut getarnten Helikoptern eiligst davon. Gefangene konnten keine gemacht werden, Leichen fanden die Kämpfer ebenfalls nicht, dafür ein gewaltiges Waffenlager, für sie eindeutig das Zentrallager der linken Kräfte. Sie feierten einen riesigen Sieg, sicherten ihre gefundene Position, schafften bald alles in die eigenen Reservoirs.

Mit der Einnahme dieses Stützpunktes registrierten die Ermittler rapid sinkende illegale Waffenverkäufe. NATO-Spezialkräfte liefen fast nur noch ins Leere, fingen maximal Kleinkriminelle. Nach einigen Wochen reduzierten die Befehlshaber die Nachforschungen, beschränkten sich auf gezielte Stichproben. Das militante Rattennest schien aus ihrer Sicht ausgeräuchert zu sein. Die linken Gefangenen ließen sie alle laufen und überwiegend beschatten. Den Nationalisten kauften sie einen Großteil ihrer erbeuteten Waffen ab, stellten diese Bedrohung ebenfalls wesentlich geringer.

Russland durfte wieder aufatmen, trotzdem blieb das Land auf unbestimmte Zeit umstellt; das Militär hielt weiterhin seine bisherigen Positionen, beobachtete argwöhnisch verdächtige Aktivitäten.

Zwischenfall

Unweit der Kenianischen Insel Lamu musste ein Kampf gewütet haben, einem Funker gelang es, gerade noch so einen Notruf abzusetzen. Langsam näherten sich fünfzehn Landungsboote der riffzerklüfteten Tropenküste. Die Scharfschützen lagen am Bug, entsicherten ihre Waffen und musterten eingehend mögliche Verstecke, mögliche Hinterhalte. Am Strand entdeckten sie zerstörtes Militärgerät, dazwischen lagen völlig durcheinander die Soldaten, und überall Blut. Das grausame Schauspiel endete erst vor einer Stunde, die Piraten schienen trotzdem keine Spuren hinterlassen zu haben. Eine so große Strandpatrouille hätte eigentlich nicht von ein paar Buschmännern derart zugerichtet werden dürfen, schließlich begleiteten fünf Panzerfahrzeuge mit Maschinengewehren die zwei kugelsicheren Lkw, welche gut vierundzwanzig Mann Besatzung führten. Kenia erlaubte den Einsatz von amerikanischen Spezialeinheiten, erfahrenen Kriegsveteranen; jeder Pirat hätte normaler Weise gut daran getan, nicht aufzufallen, ganz anders in diesem Falle.
Vorsichtig legten die Boote an und die Schützen gingen in Deckung über. Da sich überhaupt nichts rührte, rückten die Soldaten vor und sicherten das Gelände. Es roch ekelhaft nach Blut und Verwesung, Fliegenschwärme machten sich breit und das Bild, das sich ihnen bot, ließ gleichzeitig mehrere Soldaten erbrechen. Die Leichen waren regelrecht zerfetzt worden, oft fehlten Arme oder Beine oder die Innereien lagen breit über den Boden verstreut. Durch die Fahrzeuge konnte man hindurchschauen, zerlöchert wie ein breitmaschiges Tarnnetz standen sie als stumme Zeugen. Ihrer Verformung nach mussten die Geschosse fast senkrecht zur Fahrtrichtung eingeschlagen sein. Unklar blieb, welche Munition solche Zerstörung hervorrufen konnte. Eine Patrouille umrundete nun das Areal, um einen besseren Bericht abgeben zu können. Sie fand allerhand Abdrücke

vor allem im niedrigen Gebüsch, kaum Fußspuren und die hätten auch von beliebigen Touristen stammen können. Zudem verwehte der Wind mit zahllosen Sandkörnchen alle offensichtlicheren Spuren. Der Kommandant selbst begann die Fahrzeuge zu untersuchen. Um gefasste Piraten vor Gericht stellen zu können, musste in letzter Zeit gründlicher dokumentiert werden. Daher waren zahlreiche Kameras in, unter und auf den Fahrzeugen montiert worden. Sie schienen alle zerstört zu sein, doch nach längerem Suchen entdeckte der Kommandant auf verschiedenen Fahrzeugen vier intakte Mini-Exemplare, die wahrscheinlich jeweils einen Ausschnitt des Gefechtsfeldes wiedergeben konnten. Ohne Strom war ein sofortiges Abspielen allerdings nicht möglich, darum mussten sich die Fahndungs-Spezialisten kümmern. Diese trafen dann einige Zeit später ein, führten ballistische Messungen durch, fotografierten das ganze Gelände. Leichen und Fahrzeuge wurden hinterher abtransportiert, zur Obduktion freigegeben, blutige Bodenproben in Säcke gepackt.

Die Kameras gingen in ein Speziallabor, sie waren tatsächlich vom Feind übersehen worden und einsatzbereit. Beim Abspielen der Aufnahmen schlich sich langsam die Küstenlandschaft vorüber, urplötzlich tauchten hinter einer Düne rauchförmige schwarze Schattengestalten auf. Der Militärkonvoi blieb stehen, die Fußmannschaft sprang aus den Lkw's und bezog Stellung. Was sie nun vor sich ablaufen sahen, wollten auch die neuen Zuschauer - die Mitglieder der Untersuchungskommission - kaum glauben. Ein grünes Schwein mit fünf Augen erschien aus dem Nichts, rannte wie angestochen zwischen den rauchförmigen Schattenwesen und ihnen hin und her. Darüber flogen, wie aus den Dunkelgestalten entstehend fliegende Nattern und kamen immer schneller auf die Soldaten zu. Sie eröffneten von Panik ergriffen das Feuer. Unbeeindruckt, allmählich durchsichtiger werdend kamen die Nattern trotzdem immer näher. Aus dem Boden schossen plötzlich dunkelrote Schlingpflanzen, zerteilten messerscharf umherwirbelnd die Soldaten in Stücke, ließen ihnen keine Chance zum Überleben. Den Fahrzeugen konnten die seltsamen Wesen nichts anhaben, dafür hatten sie einen anderen Verbündeten, eine andere Lösung: Hinter der Düne schoss blitzschnell ein schwarzer Schwarm geflügelter Wesen hervor, stürzte Richtung Fahrzeugkolonne und durchstieß sie in atemberaubender Geschwindigkeit, als wäre gar kein Widerstand vorhanden. Zu hören waren nur kurze laute Klackgeräusche, wie beim Fallen von Stahlkugel auf Metall. Seltsamerweise kippte dabei kein Fahrzeug um oder wurde zur Seite geschoben. Der Scharm wendete, auch die anderen Wesen zogen sich hinter die Düne zurück und so schnell wie alles begonnen hatte, war es auch wieder beendet, der Rauch verschwand. Die Ermittler ließen die Kameras in Zeitlupe laufen und sahen nun deutlicher eine unbekannte Art Fledermäuse mit glänzenden Metallnasen. Wer vermochte solche Wesen künstlich zu erschaffen? An ein Wunder der Evolution wollten die Ermittler nicht so recht glauben. Es stellte sich aber die Frage, wie diese Geschöpfe funktionieren konnten und woher sie ihre unglaubliche Energie nahmen. Ganz andere Probleme taten sich bei ihrer künftigen Bekämpfung auf. Man musste versuchen ihre Ursache, ihre Herkunft zu ermitteln; derzeit grenzte es an überirdische Magie, was da vor sich gegangen war. Wer dahinter steckte, verantwortete mit hoher Sicherheit die zahllosen Schiffsentführungen.

Sankt Petersburg

Unterwegs erlebten sie keinerlei Überraschungen. Mit ihrer Beute, dem Bergkristall aus dem Wehrkloster, fuhren Rondor und Unstrud über Deutschland in die Schweiz. Dank dem Tarnanzug konnte der Zoll den Bergkristall nicht einmal sehen, so dass sie in Bern den magischen Stein zur sicheren Verwahrung an Jörg Heidenreich geben konnten. Eventuelle Verfolger stellten sie keine fest, trotzdem nahmen sie wieder zwei getrennte Hotels, gönnten sich unabhängig voneinander ein paar Tage Ruhe. Unstrud zeigte Rondor ausführlich das esoterische Museum sowie versteckte unterirdische Räume, wo die nicht öffentlichen Gegenstände aufbewahrt wurden, ließ ihn manche magische Rarität betrachten.

„Du hast viel Vertrauen zu mir.", meinte Rondor nach der Besichtigung, „Die geheimen Kellerräume sieht sicher nicht jeder."

„Das spielt keine Rolle mehr, Du weißt schon zu viel. Außerdem hoffe ich, dass Du nach dieser Angelegenheit vielleicht bei uns Mitglied wirst. Dir eröffnet sich eine völlig neue Welt."

„Das glaub ich gerne. Machen wir erst einmal lieber weiter."

Sie trafen einige Zirkel-Mitglieder der *Goldenen Krone* beim Tee, analysierten die bisherigen Ereignisse, allerdings ohne Ergebnis, diskutierten gemeinsam über Sylvesters Abhandlungen, suchten die nächsten Aufgaben. Bald darauf saßen unsere beiden Helden zusammen und fanden einen weiteren wichtigen Hinweis:

```
Bei den östlichen Wilden
konnte ein Zar sich bilden.
Einst sah ich sein Angesicht,
Geschenke veracht' er nicht.
```

„Mit dem Zaren treibt es uns nach Russland, wirklich ein *sehr* kleines Ziel für uns. Geht's etwas genauer?", Rondor rekelte sich in der Empfangshalle des Hotels und streckte seine Beine weit von sich.

„Wir müssen überlegen...", Unstrud legte das Blatt zur Seite, „Wo bewahren die erlauchten Zaren ihre Geschenke auf?"

„In der zaristischen Schatzkammer. Du meinst, Sylvester war sehr einfallsreich und hat für beste Sicherheit dem Zaren einfach den Stein geschenkt, ohne über seine Bedeutung zu sprechen?"

„Genau. Die größten öffentlich ausgestellten Schätze liegen heute in der Eremitage in Sankt Petersburg. Kunstgegenstände existieren aber massenhaft im ganzen Land verstreut. Ich recherchiere erst mal nach besonderen Edelsteinen im Internet.", Unstrud klimperte eine Weile auf ihrer Tastatur und Rondor schlürfte genüsslich seinen Kaffee, starrte an die Decke des Restaurants, grübelte vor sich hin.

„Wer sagt's denn, so einfach kann's manchmal sein. Hier sieh, eine Bergkristallsammlung seltener Exemplare aus russischen Gegenden und dem Ausland, und einer von ihnen stammt eher aus dem Riesengebirge.", sie hielt Rondor den Bildschirm vor die Nase. Mitten in einer Landschaft aus Kristallen lag ein Oktaeder, reflektierte mit seinen acht Dreiecken auffallend das Tageslicht. Auf der Beschriftung konnte man in Englisch und Russisch lesen: Stein Nummer 9 - Fundort unbekannt (Australien).

„Ja. Sehr verdächtig.", Rondor nickte anerkennend, „Der Stein gehört zur öffentlichen Ausstellung, das wird nicht einfach für uns werden."

„Als wir gingen hat mir Jörg Heidenreich seine privaten Nachbildungen zugesteckt. Wir werden das Original ersetzen."

„Ein Austausch grenzt natürlich an professionelle Perfektion. Ich hoffe Du bezauberst wieder Deine Umgebung und tarnst uns gut durch Sankt Petersburg."

„Kein Problem, das kriegen wir schon hin. Dieses Mal fliegen wir aber ein Stück.", Sie schaute im Internet-Flugportal nach, klickte eifrig und freute sich dann: „Ich habe einen Direktflug von Bern aus buchen können. In fünf Stunden schweben wir in der Luft. Und zwei Zimmer werden gleich mitorganisiert, im Newa, drei

Sterne mit Frühstück. Ich denke achtzig Euro pro Nacht und Person sind vertretbar."

Sie erwischten eine Lufthansa-Maschine und recht komfortabel flogen sie über Nacht in das Venedig des Nordens, nach Leningrad, nach Sankt Petersburg. Der Flughafen empfing sie mit strahlender Morgensonne, ihr Schlafmangel schien nach dem ersten Kaffee beinahe verschwunden zu sein; sie schnappten ihre Sachen und fuhren per Taxi in die reservierte Unterkunft. Nach dem Mittagessen begannen beide eine längere Tour durch die Eremitage. Die gesamte Ausstellung der über 3 Millionen Stücke war in fünf historischen Palästen untergebracht. Man unterschied die Kleine Eremitage, die Große Eremitage, die Neue Eremitage, das Eremitage-Theater sowie die Zarenresidenz, den Winterpalast. Sie wollten sich alles ansehen, dabei ein wenig genießen und besonders den Standort der Kristalle auskundschaften. Was einen Zarenhof ausmachte, konnte man im Museum finden: wertvolle Gemäldesammlungen, Statuen, Vasen, Münzen, Waffen, Kutschen, Mobiliar. Nach zwei Tagen hatten sie alles im Eildurchlauf gesehen, zwischendurch sogar ihren gesuchten Edelstein gefunden. Alle Gebäude und Räume standen unter starkem Wachschutz, jeder Komplex besaß übermäßig viel Personal und für jeden Winkel Kameras. Abgesehen davon bestanden die Vitrinen aus starkem Panzerglas, ringsherum elektronisch gesichert, was die Museumsführung zur Abschreckung jeder Gruppe erzählte. Für den Laien war nicht unbedingt erkennbar *wie* dieses realisiert worden war. Einen gewissen Plan brauchten die beiden potentiellen Diebe also, nach kurzer Verständigung machte sich deshalb Unstrud schon außerhalb des Museums mit ihrem Tarnanzug unsichtbar, folgte Rondor in dichtem Abstand. Vor der Seilabsperrung der Bergkristallvitrine blieb Rondor stehen, hielt damit andere Besucher von Unstrud fern, deckte ihr bei der Mission den Rücken. Sie schlüpfte flink unter der Absperrung hindurch, flüsterte minutenlang einen unverständlichen Austauschzauber auf Latein. Dieser gelang tatsächlich und keinerlei Sensoren reagierten auf das kurze Lichtflackern an der Wechselstelle. Unstrud atmete erleichtert auf und steckte den Energiekristall, das platonische Oktaeder in ihren Rucksack.

„Wir können gehen.", flüsterte sie, Rondor benutzte die freien Teile der Flure, begab sich zügig zum Ausgang, Unstrud folgte ihm unsichtbar.

„Halt! Stopp!", rief hinter ihnen jemand in russisch gebrochenem deutsch und kam auf Rondor zugelaufen. „Sie haben etwas verloren."

Beinahe wäre Rondor losgerannt. Doch im letzten Augenblick erkannte er die Museumsführerin von gestern, die ihm Unstruds Portemonnaie entgegen hielt.

„Ich habe Sie an der Vitrine stehen sehen und auf dem Ausweis sah ich das Bild Ihrer Freundin.", sie drückte ihm die Geldtasche in die Hand.

„Vielen, vielen Dank. Wir hatten sie noch gar nicht vermisst.", Rondor zog 50Euro heraus und gab sie der Frau, „Ihr Finderlohn."

„Noch gute Tage in Sankt Petersburg.", wünschte sie, nahm den Schein und begab sich zurück ins Museumsinnere.

Vom Museum aus liefen die beiden Räuber zu Fuß, mieden irgendwelche Auffälligkeiten, niemand schien ihnen zu folgen. In Rondors Hotelzimmer enttarnte sich Unstrud wieder, Rondor holte eine Flasche Sekt aus der Bar und ließ den Korken laut knallen.

„Die Museumstussi hat mir einen ganz schönen Schrecken eingejagt, obwohl mir niemand hätte etwas anhaben können."

„Zum Glück war sie eine ehrliche Finderin, ohne mein Portemonnaie bin ich ein halber Mensch und ich hätte außerdem einen neuen Pass gebraucht."

Rondor reichte ein gefülltes Glas weiter. Der helle Sekt schäumte, die Gefäße klangen in hellem Ton aneinander.

„Alles gut gegangen, zum Wohl!"

„Zum Wohl!"

Sie tranken einen Schluck, lehnten sich zurück. Unstrud stellte ihr Glas ab, nahm ihr Händi aus dem Rucksack, schaltete ein und als hätte es darauf gewartet, lief sofort eine kleine Mozartmelodie.

„Ja, bitte. Unstrud am Apparat."

Unstruds Gesichtsausdruck hellte sich kurz auf, verfinsterte sich nach einigen Worten wieder, ihre Haut verblasste.

„Das ist ja schlimm, wie kann denn so etwas sein, er war so ein netter Mensch. ... Gut machen wir. Tschüß."

„Jörg Heidenreich ist tot. Er saß gefesselt auf einem Stuhl, seine Finger und seine Nase waren gebrochen und durch einen Genickschuss ist er getötet worden. Die Polizei hat bei ihm einige hunderttausend Euro unterm Teppich gefunden. Und der Kristall scheint verschwunden zu sein. Laut den Behörden trägt der Mord die Handschrift von Luigi Fanello, einem italienischen Mafiaboss. Unvorstellbar, dass Jörg Geheimnisse verkauft haben soll, so sieht es zumindest auf den ersten Blick aus. Wir sollen, wenn wir den Kristall haben, nicht in die Schweiz zurückkommen. Er bleibt am besten immer verschollen, wir verstecken ihn. Außerdem habe ich per SMS die Adresse eines Hochmeisters vom *Sanctus Orden zur Heiligen Marie* erhalten, falls wir Unterstützung benötigen."

„Vielleicht reisen wir unsichtbar, damit wir nicht auch noch erschossen werden. Heidenreich hat bestimmt unsere Namen preisgegeben."

„Das ist gut möglich, besser wir bleiben nicht zu lange hier."

„Ich habe da eine Idee. Wir reisen über die baltischen Staaten nach Hause, lassen den Kristall im Tresor meiner Litauischen Geschäftspartner. Die alten Kommunisten kennt sicher kein Esoteriker. Falls jemand fragt, haben wir den Kristall in der Altstadt von Riga auf der Straße liegen lassen. Damit weiß niemand wo er geblieben ist und potentielle Interessenten laufen ins Leere."

„Okay. Von Deinen Geschäftspartnern weiß ich noch gar nichts. Was machst Du denn für geheimnisvolle Geschäfte? Erzählst Du Mädchen gern Lügengeschichten?"

„Nein, keine Angst. Ich bin Teilhaber an einem Handelsunternehmen mit Sitz in Litauen. Der Betrieb handelt derzeit vor allem mit Holz, aber auch mit anderen Dingen, die sich preiswert in Deutschland und anderswo verkaufen lassen. Er ermöglicht mir derzeit zu tun, was ich möchte, es sollte eine Überraschung nach unserer Reise sein, dass wir dort einmal hinfahren. Jetzt liegt es auf dem Weg. Wo sitzt dieser Hochmeister?"

„In Königsberg, er hatte irgendwie mit dem Wiederaufbau des Doms zu tun."

„Das passt ja wieder mal hervorragend. Wir besuchen ihn. Zuvor möchte ich Dich noch etwas verwöhnen oder besser gesagt für Deine Anstrengungen belohnen. Ich habe für heute Nachmittag zwei Karten für das Marinski Theater zurücklegen lassen. Das steht dem Moskauer Bolschoi Theater in keinster Weise nach und bietet Opern und Ballett vom Feinsten. Und außerdem noch alles in Originalsprache."

„Russisch ist nicht gerade meine große Stärke. Ansehen können wir uns trotzdem ein schönes Stück. Ich liebe eigentlich das Theater mit dem ganzen Drumherum, leider habe ich schon ewig kein Schauspiel mehr gesehen. Was wird denn gespielt?"

„*Rosinka*. Ich habe auf Dich Rücksicht genommen und uns ein schickes Ballettstück reserviert. Konstantin Klinschenkow schrieb 2000 die Musik. Ich denke, uns erwarten sehr moderne Kunst und schmale Dialoge."

„Dankeschön.", Unstrud drückte ihm die Hand, „Wann beginnt denn die Vorstellung?"

„Um 16Uhr. Wir haben also noch genügend Zeit für das Mittagessen."

„Gut, danach lege ich mich kurz aufs Ohr und mache mich frisch. Du holst mich dann rechtzeitig ab?"

„Ja, putz Dich heraus. Komm, gehen wir ins Restaurant."

Sie aßen im Hotel, fuhren später mit dem Taxi zum Theater und ließen sich vom Bühnenbild sowie den filigranen Tänzerinnen begeistern. Das aufgeführte Stück besaß den Hauch von farbenprächtiger Eleganz, gewürzt mit unterbrechenden Kontrasten; echte kleine Roboter, Tanzmaschinen traten auf, hüpften durch die Gegend. Der Stoff stammte aus irgendeinem alten russischen Märchen, die berühmte Hexe Baba Jaga in ihrem

Hühnerbeinhaus und ein Hirsch mit goldenem Geweih bereicherten die Vorstellung. Nach der Veranstaltung gönnten sich die beiden Helden noch einen Imbiss und fuhren in ihre Unterkunft zurück.

In den russischen Nachrichten lief am Spätabend ein Bericht, dass in Moskau mehrere tschetschenische Geistliche auf Stühlen gefesselt erschossen wurden. *Mafia lebt überall,* dachte sich Unstrud und schaltete ihren Fernseher aus.

Nach Königsberg

Lettland, Estland, Litauen beeindruckten jeden Besucher durch ihre sanierten Häuser, mit ihrer einzigartigen Kultur, mit ihrem erstarkten Nationalbewusstsein. Sie fühlten sich vor allem ihren nördlichen Nachbarn Norwegen, Schweden und Finnland verbunden. In Litauen hatte man einst nach den christlichen Kreuzzügen das Heidentum begraben, die letzte Hochburg der Naturgläubigen ausgelöscht.

Von Sankt Petersburg aus existierte eine preiswerte Zugverbindung über Tallinn und Riga nach Wilna. Von den Schönheiten der Länder konnten die beiden Reisenden nicht viel wahrnehmen, da die Reise beinahe zwölf Stunden dauerte und sie einen Schlafwagen buchen mussten. Auf die Art der Reise hatten sie keinen Einfluss, da für diese Strecke nur Nachtfahrten angeboten wurden; wahrscheinlich wegen der langen Fahrt und weil sich Balten und Russen nach wie vor nicht ausstehen konnten. Mitten in der Nacht rissen Zollbeamte die Schlafenden aus den Träumen, ließen sich die Pässe zeigen und drückten Stempel in sie hinein. Kurzzeitig sah Rondor im Schaffner das Gesicht des Russen von der Messe und der unterirdischen Stadt, welcher sie gejagt hatte; das Trugbild verschwand schnell wieder und der Schreck wich ihm aus den Gliedern. Nach einer unruhigen Nacht erwachten sie in Wilna, von dort brachte sie ein Überlandbus nach Klaipeda.

Rondors Geschäftspartner empfingen die beiden Steinsucher sehr herzlich, luden sie freudig gleich zum Abendessen. Es gab viel zu erzählen und die beiden Litauer schworen keinem Fremden etwas von den Kristallen zu berichten. Für das Oktaeder fand sich natürlich ein Plätzchen in ihrem Privatsafe, einem gut getarnten Schuhkarton irgendwo in ihrer Küche. Am nächsten Morgen zeigte diesmal Rondor seiner Begleiterin allerhand interessante Dinge, die Geschäftsräume seiner Firma, ein Sägewerk, eine Fabrik mit Näherinnen. Sie verabschiedeten sich nach der Führung von seinen litauischen Freunden, verzichteten darauf ein oder zwei wahrscheinlich auffällige Sicherheitsleute mit auf Reisen zu nehmen, die außerdem unnötige Kosten verursacht hätten. Mittels Fähre und Bus fuhren sie weiter in den Oblast Kaliningrad, trafen unterwegs auf zahlreiche NATO-Konvois, sahen sogar kriegsähnliche Straßensperren.

In Königsberg angekommen mussten sie eine Weile suchen, fanden trotz unvollständigem Stadtplan die Unterkunft des Ordenmeisters. Er wohnte in einem recht hübschen weißen Vororthaus, Zaun und Fensterläden waren hellblau gestrichen worden und auch zu einem neuen ziegelroten Dach hatte es gereicht. Der Kräutergarten wies seinen Besitzer als einen Spezialisten aus, wie Unstrud anerkennend feststellte. Sie klingelten. Heraus kam ein kräftiger stattlicher Mann um die fünfzig Jahre alt, der in einem blauen Arbeitsanzug steckte.
„Guten Tag, wir wollen zum Hochmeister des *Sanctus Ordens zur Heiligen Marie*.", riefen Rondor und Unstrud beinahe gleichzeitig.
„Guten Tag, der steht vor Ihnen. Kommen Sie herein, das Tor ist aufgeschlossen, Ihre Schuhe können Sie im Haus anlassen."
Sie reinigten ihre Sohlen auf dem Schuhabtreter und folgten der beeindruckenden Gestalt. In einem der größeren Zimmer saßen bereits zwei Männer in Arbeitssachen und schnitzten Holzfiguren.
„Darf ich vorstellen: Bruder Nikolaus und Bruder Franziskus, ich heiße Peter Pasal und Sie sind? ..."
„Donarius Morgenstern, Spitzname Rondor."
„Unstrud Berger."
„Sie wollten zu mir, also gehen wir in mein Büro."
Das Zimmer zeigte sich recht schlicht eingerichtet, mit einem einfachen Holzschreibtisch, ein paar gelben Drehstühlen und fast leeren Holzregalen.
„Setzen Sie sich. Kaffee?"
„Ja, bitte."

118

„Ich nehme auch einen.", meldete sich Rondor.

Peter Pasal holte auf einem Tablett Tassen und eine gefüllte Kaffeekanne, schloss die Zimmertür und setzte sich zu ihnen.

„Ich kenne Sie nicht, was ist ihr Begehr?", Pasal führte seine Tasse zum Mund.

„Die Goldene Krone hat uns zu Ihnen geschickt.", begann Unstrud, „Ich bin dort Mitglied. Unser Vorsitzender Jörg Heidenreich wurde vor kurzem ermordet, man kann kaum noch jemandem trauen bezüglich unserer Angelegenheit."

„Mit mir sprechen Sie, Sie möchten mich wahrscheinlich in Ihr Geheimnis einweihen, was qualifiziert mich zu solcher Ehre?"

„Sie waren mit ihrem Orden stets ein treuer Verbündeter der esoterischen Freidenker, besitzen umfangreiches Wissen, insbesondere über die Abhandlungen eines Doktor Sylvester aus dem Mittelalter."

„Ach, darum geht es, um die göttliche Blume, wie sie einst genannt wurde, den Mythos einer unerschöpflichen Energiequelle."

„Leider ist es kein Mythos mehr und Jörg Heidenreich musste wahrscheinlich deswegen sterben. Er besaß einen der Schlüssel, einen der platonischen Kristalle zur Entfesselung einer magischen Quelle. Jemand möchte alle Exemplare an sich reißen, das kann nichts Gutes bedeuten."

„Ja, da stimme ich Ihnen zu. In unserem Orden wurde früher öfter über den Sinn einer außergöttlichen oder gottgleichen Macht debattiert, wir haben darüber sogar Protokolle. Wer tötet und mit der göttlichen Energie die Welt ändern möchte, bringt sicher große Zerstörungen mit sich. Ich muss Nachforschungen anstellen, wo alle Kristalle zusammengefügt werden müssen, so kann man vielleicht besser die Hintermänner finden und Schlimmeres verhindern. Sie könnten auf Suche gehen und die Steine an andere Orte bringen."

„Wir sind schon dabei, leider sind uns schon zwei Steine abhanden gekommen.", Rondor kratzte sich am Kinn, „Einer wurde auf der jährlichen Esoterikmesse in Stuttgart gestohlen, den zweiten haben wohl Heidenreichs Mörder mitgehen lassen."

„Wieviel haben Sie schon gefunden?"

„Der dritte Stein ist in Sicherheit, zwei könnten wir noch finden."

„Dann machen Sie unbedingt weiter! Verstecken Sie die Letzten. Oder besser einen, den nächsten bringen Sie mir, ich könnte einen magischen Schutzort errichten. Wir tauschen am besten unsere Kontaktdaten, ich würde sagen, dass wir uns ruhig duzen können. Unser gemeinsamer Feind scheint mir überaus großen Einfluss zu besitzen, wir dürfen nicht unüberlegt handeln, früher oder später wird sich die Aufmerksamkeit stärker auf Euch richten. Vielleicht wartet er nur darauf, dass Ihr für Ihn die Sucharbeit erledigt."

„Unstrud hat einen Tarnzauber über uns gelegt, wir konnten niemanden feststellen, der uns gefolgt wäre."

„Gut, gut. Aber bleibt auf der Hut, schwarze Magier arbeiten mit vielen Täuschungen. Wohin geht die nächste Reise?"

Unstrud holte einen Zettel hervor und las vor:

```
Urumbamba spinnt Goldsehnsucht,
Tief unter mir liegt einsam Schlucht.
Feierlich ging manch Todesschmerz,
Verließen Menschen ihr rotes Herz.
```

Sie gab Peter Pasal den Zettel.

„Dieses Mal haben wir eine Ortsangabe dabei, das Urumbambatal liegt in Peru. Die Inkas haben früher Menschenopfer durchgeführt, das ist unser zweiter Hinweis. Die Opferungen fanden aber bestimmt nicht im abgelegenen Tal statt, sondern in der verschollenen Stadt Machu Picchu, die erst 1911 entdeckt wurde. Sie liegt oberhalb des Tals auf einem terrassierten Felssporn. Den Kristall in einer damals unbekannten Stadt zu verstecken war sicher optimal."

„Sehr scharfsinnig.", Pasal gab ihr den Zettel zurück, „Ihr habt eine weite Reise vor Euch. Gebt mir bitte gleich Bescheid, wenn

Ihr etwas gefunden habt, auch wenn unterwegs Schwierigkeiten auftreten. Ich kann dann vielleicht helfen. Unser Orden widmet sich dem Wohl der Menschen durch aktive Projekte, wie zum Beispiel durch Sammlungen oder aktive Arbeit. Hier in Königsberg konnten wir mit vielen Spenden den Aufbau des Doms unterstützen. Ich denke, dieses neue göttliche Problem fällt auch in unser Ressort. Ihr könnt heute hier übernachten, morgen habt Ihr sicherlich schon eine Reiseroute. Fühlt Euch hier wie zu Hause, der Kühlschrank ist gefüllt. Nachher haben ich und meine beiden Mönche noch einiges in der Stadt zu erledigen, falls wir uns nicht mehr sehen sollten: Alles Gute! Und der Hausschlüssel liegt unter dem Blumentopf hinter dem Haus.", er erhob sich, „Ich zeige Euch noch die Gästezimmer, dann werde ich Euch verlassen."

Unstrud und Rondor folgten ihm nach oben, besahen sich ihre gemütliche Unterkunft, tauschten mit Pasal Kontaktinformationen. Dann ließen sie das Haus hinter sich und durchstreiften Königsberg, liefen am Pregel entlang. Sie folgten einer Touristengruppe, landeten in der Gaststätte *Die Börse*, nahmen ihr Abendbrot zu sich, genehmigten sich eine Flasche Rotwein. Unstrud hatte bereits im Zug für den nächsten Tag alles vorbereitet, sie wollten zuerst nach Hamburg fliegen und von dort in das Land der Inkas nach Peru reisen. Pasal und seine Mönche sahen sie nicht mehr. Die Übernachtung und der Flug nach Deutschland verliefen ohne Zwischenfälle, in Hamburg stiegen sie in eine Maschine nach Lima um.

Krise

„Wir starten!", hallte Trakeenens Stimme durch den blauen Saal. Er begab sich in den spiralförmigen Gang, der direkt nach oben auf die Landeplattform der Burg führte. Seine sechs Vampirweiber folgten ihm, dahinter sechs Rauchsäulen – sechs Wandeldämonen. Das schwarze Fluggerät wirkte Furcht einflößend, sein rochenförmiges Aussehen vermittelte den Eindruck, als würde ein riesiges Tier auf Beute lauern und im nächsten Augenblick Nesselpfeile abfeuern. Als Trakeenen die Plattform betrat, formte sich aus dem Rocheninneren eine breite Treppe, die zur Mitte des Rumpfes führte. Dort hatte sich eine etwa drei Meter hohe und fünf Meter breite Luke gebildet, aus der pulsierendes violettes Licht drang. Eine Gestalt nach der anderen verschwand darin, dann bildete sich die Treppe zurück und die Luke verschmolz mit dem Rumpf, schloss sich ohne erkennbare Mechanik. Im Inneren belegte Trakeenen die vorderste Sitzkapsel, die anderen Kapseln standen nicht parallel aber gleichmäßig verteilt und wurden von seinen Begleitern gefüllt. Schaltpulte waren nicht zu erkennen, dafür bauten sich vor jedem Insassen Hologramme auf, die physikalische Eigenschaften des Flugkörpers und seiner Umgebung darboten.

Abflug Richtung Kiew durchströmte ein Gedanke Trakeenens den gesamten Rochen nebst Insassen und das schwarze Objekt hob sich lautlos von seinem Standort. An der glutroten unterirdischen Decke über der Burg öffnete sich ein kreisrundes Loch, gerade so groß, dass das Fluggerät hindurch passte. Es beschleunigte und schoss in die Nacht. Wie im Schlepptau folgte ihm mühelos ein Riesenschwarm Kampffledermäuse.

Östlich von Kiew hatten Amerikaner und Ukrainer eine gemeinsame Kaserne errichtet und fast fünftausend Mann stationiert, welche jederzeit bereit waren in Russland einzumarschieren. In der Zwischenzeit hatte die Rüstungsindustrie die Angriffe auf NATO-Schiffe umgehend analysiert und Gegenmaßnahmen entworfen. Vor allem mit Funkfeuer und riesigen elektrischen Feldern sollten die Aggressionen des unbekannten Feindes durcheinander gebracht werden. Computergesteuert sollten dann die Flugobjekte mit Minisprengköpfen beschossen werden, die ihrem Ziel bis zur Zerstörung folgten. Alarmsirenen ertönten, als aus Richtung Weißrussland ein Schwarm fliegender Metallkörper registriert wurde, der beinahe mit Schallgeschwindigkeit auf die Kaserne zuraste. Soldaten rannten an ihre Positionen, legten sich Stahlschutzwesten an, versorgten sich mit Spezialwaffen. Die Kraftfelder fuhren hoch, erste Minigranaten traten ihre Reise an. In einigen Kilometer Entfernung konnte man unzählige Lichtblitze am Himmel erkennen, aber der Schwarm schien kaum kleiner zu werden. Der schwarze Rochen war in einen unsichtbaren Tarnmodus übergegangen und seinem Schwarm vorausgeeilt. Er landete jetzt auf einem freien Feld mitten in der Kaserne. Aus all seinen Seiten drangen plötzlich blaue Strahlen. Er drehte sich langsam und zerschnitt im Umkreis von 1000 Metern jegliche Materie, bewegte sich langsam Richtung Kommandozentrale. Darauf war niemand vorbereitet, innerhalb einer Minute brachen die Stromversorgung und alle Verteidigungsanlagen zusammen, starben unzählige Soldaten. Abwehrgeschosse flogen nicht mehr, über die wenigen Überlebenden machten sich die Vampirweiber und die anrückenden Fledermäuse her. Nach nur zehn Minuten war der Kampf beendet, jegliches Leben ausgelöscht. Trakeenen inspizierte die Abwehranlagen, dann flog er mit seinem Schwarm in die nächstliegenden Gewitterwolken.

Der NATO-Stab versetzte seine Truppen in höchste Bereitschaft, löste Krisenalarm aus.

Machu Picchu

Peru verhüllte sich für Rondor und Unstrud in dichtem Küstennebel. Auf dem Flughafen Lima konnten sie kaum etwas erkennen, dafür verhieß das subtropische Klima recht angenehme Temperaturen um die achtzehn Grad Celsius. Ohne etwas von der Stadt zu sehen brachte sie ein Taxi in das Hotel *La Bella*, welches europäischen Ansprüchen genügte, jedoch nur den Zwischenstopp für ihre Reise in die Heilige Stadt der Inkas darstellte. Per Bus schaukelten sie am nächsten Morgen über eine holprige Landstraße nach Cuzco, bezogen dort Quartier in der schlichten Pension *Santa Teresa*. Täglich fanden vom Marktplatz aus organisierte Führungen nach Machu Picchu statt. Zwölf Stunden später schlossen sie sich einer bunten französischen Touristengruppe an, beteiligten sich an der Finanzierung des Reiseleiters, einem kleinwüchsigen braun gebrannten Indianer. Der kleidete sich mit Ledersandalen, dunkelblauen Jeans, einem langärmligen weißen Hemd und großem Strohhut. Rondor und Unstrud hatten sich ebenfalls Sandalen, kurze T-Shirts und Hosen angelegt, Unstrud trug zusätzlich wieder ihren Rucksack mit den Tarnanzügen und drei Wasserflaschen. Die Sonne strahlte intensiv und nur wenige Wolken trübten den Himmel, als sie am Fuße eines Bergmassivs den relativ schmalen ausgetretenen Pfad betraten, der steil nach oben, nach Machu Picchu führte. Er war nur von wenig Vegetation gesäumt und erlaubte einen weiten Blick über das Land. Der Aufstieg gelang sehr langsam und mühsam, öfter mussten die Wanderer eine längere Pause einlegen. Die Luft wurde merklich dünner, häufig öffneten die Touristen ihre mitgebrachten Wasserflaschen. Als sie sich nach einem guten Stück Weg wieder einmal umsahen und ihre Ferngläser schweifen ließen, entdeckten sie unterhalb des Berges einen Lastwagen von dem bewaffnete Uniformierte absprangen. Das seien staatliche Militärs, erfuhren sie von ihrem Reiseführer, sie jagten vor allem

Wilderer und Kunsträuber. In diesem Gebiet gäbe es keinerlei Rebellen, niemand bräuchte sich Sorgen machen.

Bald wurden die Touristen belohnt, die Außenringe, die Häuser der Armen rückten in Sichtweite. Allmählich stießen sich mehr Details von den Felsen ab, gaben ihre Umrisse schärfer preis, bildeten zunehmend neue Formen; ihr Führer zeigte ihnen nun faszinierende Tempel, Paläste und die monumentale Sonnenuhr. Zum Abschluss erreichten sie den Platz auf dem Menschen für Erfolge und gute Ernten in allen Bereichen des Lebens geopfert, regelrecht geschlachtet wurden. Unweit davon erhob sich eine halb liegende übergroße Frauengestalt – die Opfergöttin. Zu ihren Füßen stand eine große Schale, in welcher die Inkas die herausgeschnittenen Herzen ihrer Opfer gemeinsam aufbewahrten. Leichte Übelkeit überkam die Anwesenden bei dem Gedanken daran und sie waren sichtlich erleichtert zu dieser Zeit nicht gelebt zu haben. Als sich Rondor und Unstrud der Schale nähern wollten, hörten sie hinter sich ferne Schüsse. Um sie herum gab es überall Einschläge, Rondor spürte, wie ihm eine Kugel durch die Haare fuhr. Ihr Reiseleiter und einige Franzosen gingen zu Boden. Geistesgegenwärtig duckten sich die beiden Deutschen, suchten hinter einer Mauer Schutz. Die Geschosse verstärkten sich in ihre Richtung und galten offensichtlich nur noch Ihnen. Rondor hatte einen Blick nach hinten werfen können, es schossen die Uniformierten, welche sie vorhin am Boden entdeckt hatten. Sie wollten ihre Opfer aus der Ferne erledigen, konnten aber dadurch nicht richtig treffen. Es war nur eine Frage der Zeit bis die Soldaten Rondor und Unstrud erreichten, sie saßen in einer bösen Mausefalle. Hektisch mit ganz rotem Gesicht kramte Unstrud in ihrem Rucksack, reichte Rondor einen Tarnanzug.

„Bist Du verletzt?"

„Nee, Glück gehabt.", antwortete dieser.

„Ich auch nicht."

Eiligst schlüpften sie in die rettende Schutzbekleidung, innerhalb einer knappen Minute waren sie nicht mehr zu sehen. Wie wütend schossen die Soldaten weiter, so dass ein Ortswechsel unmöglich gemacht wurde, ringsherum rührte sich nichts mehr, alle Zeugen waren scheinbar verletzt oder bereits tot. Schlagartig hörten die Schüsse auf und die Soldaten umkreisten nun den Ort, an dem sie ihre Ziele zum letzten Mal gesichtet hatten. Um mit den Männern nicht zusammen zu stoßen, kletterten die Unsichtbaren vorsichtig auf die Mauer, hinter der sie sich verborgen hatten. Sie konnten die Sprache der Kämpfer nicht verstehen, sie schienen in üblem Spanisch zu fluchen. Von ihrer Anhöhe aus konnten sie in die Gesichter ihrer Widersacher sehen, erkannten allerdings niemanden von ihnen, es waren lauter Einheimische. Diese bildeten nun kleine Suchtrupps und begannen die Umgebung abzusuchen, vier von ihnen bewachten den Abstiegspfad. Langsam kletterten die Todgeweihten von der Mauer, schlichen an den blutigen Leichen der Franzosen vorbei Richtung Opfergöttin. Sie bemerkten erst jetzt, dass außer ihnen und den Soldaten keine weiteren Menschen in der Stadt weilten, wieder musste ein einflussreicher Gegenspieler mitgemischt haben, um solches zu inszenieren, normaler Weise herrschte ein täglicher Trubel. Trotz der umherlaufenden Soldaten untersuchten die Getarnten, ob sie an der Göttinstatue etwas finden konnten. Nach längerem Herumtasten erspürte Unstrud mit ihrem Pendel einen Hohlraum unterhalb der Opferschale. Leise flüsterte sie einen Öffnungszauber und er Verschlussstein verschwand. Sie griff in das Loch und fand: Nichts.

„Es muss jemand vor uns hier gewesen sein, der Mörtel sieht sehr frisch aus, ich fühle aber, dass hier etwas sehr Mächtiges, Magisches gelagert haben muss. Verschwinden wir.", hauchte sie beinahe lautlos.

Hinter ihnen rief ein Soldat und zeigte in ihre Richtung. Sofort rannten einige zur Opferschale. Die beiden Flüchtigen schauten erschrocken zurück. Urplötzlich wie aus dem Nichts erhob sich ein leichter Wind, wurde stärker, verdichtete sich an den Plätzen der Soldaten und bildete Miniwirbel, kleine Tornados. Alle wurden völlig überrascht in die Höhe gesaugt, in der eigenen Achse gedreht, langsam über den Abgrund getragen. Der Wind und seine

Wirbel verschwanden, so unnatürlich wie sie gekommen waren. Schreiend fielen die Menschen in den Abgrund, teilweise noch Schüsse abfeuernd, dann hielt eine eigenartige Ruhe Einzug - beängstigende Ruhe. Unstrud und Rondor blieben vom Geschehen beeindruckt noch einige Augenblicke wie angewurzelt stehen, sie und die Toten waren jetzt ganz allein in Machu Picchu.

„Komisch.", sagte Rondor, „Genau das habe ich mir gerade gewünscht."

„Du machst mir Angst.", Unstrud stand nahe bei ihm, er konnte ihr rasendes Herzklopfen spüren. „Wünsch uns in das Tal hinunter!"

„Das klappt nicht. Vielleicht hat mir nur jemand etwas eingegeben oder ich hatte eine Vision.", Rondor umarmte Unstrud in der Unsichtbarkeit, „Komm steigen wir abwärts oder siehst du hier noch Chancen?"

„Der ganze Ort sendet spürbare Energien aus, aber ich befürchte dass unser Stein nicht mehr hier weilt, das wäre zu leicht für andere Interessenten und auch bestimmt nicht im Sinne des neuen Besitzers."

„Du hast Recht, wandern wir abwärts."

„Vorher pendle ich noch einmal über meiner Karte.", sie machte sich sichtbar, legte eine peruanische Karte auf den vor ihr liegenden Stein und konzentrierte sich.

Das Pendel schwang unkontrolliert hin und her, kein Punkt zog es stärker an.

„Ich kann keine Spuren finden. Wenn der Stein noch hier wäre, müsste er durch einen starken Schutzzauber verdeckt sein. Nach unserem Kenntnisstand ist das unwahrscheinlich. Wir verschwenden hier nur unsere Zeit."

„Gut, ruf Pasal an, sag ihm, dass wir nichts gefunden haben und den nächsten Stein suchen werden. Verrate ihm besser nicht, wo wir uns gerade befinden - *wir fliegen schon nach Deutschland zurück.*"

Unstrud holte ihr Händi aus dem Rucksack.

„Peter Pasal."

„Hier Unstrud, hallo. Wir sind auf der Rückreise. Leider haben wir im Versteck nichts mehr gefunden."

„Schön Dich zu hören. Vielleicht war an dieser Stelle der erste verschwundene Stein untergebracht. Ihr macht doch weiter?"

„Ja, natürlich. Wir müssen recherchieren und knobeln, du kennst ja die umfangreichen Texte. Außerdem sind wir in Eile, in Machu Picchu wurden wir von einheimischen Soldaten beschossen. Es gab einige tote Touristen und einen toten Reiseführer."

„Von mir hat niemand etwas erfahren, wo Ihr Euch befindet. Euch geht es doch hoffentlich gut?"

„Uns sitzt nur der Schreck in den Gliedern."

„Seid bitte äußerst vorsichtig. Bislang habe ich noch nicht entdeckt, an welcher geweihten Stätte die Steine zusammengesetzt werden müssen. Ich melde mich bei Euch. Ihr haltet mich auf dem Laufenden?"

„Ja, ich rufe bei interessanten Neuigkeiten an."

„Ok. Soweit?"

„Ja, tschüß."

„Tschüß, gute Reise!"

„Pasal hat angeblich niemanden verständigt."

„Dann werden wir wohl nach bester Geheimdienstmanier beobachtet. Wir wandern sicherheitshalber unsichtbar runter. Dann schleichen wir uns heimlich ins Hotel. Hast Du die Schlüssel abgegeben?"

„Nein, die sind im Rucksack."

„Gut, gehen wir."

Im Hotel begaben sie sich unbemerkt in Unstruds Zimmer, enttarnten sich und begannen wieder mit der Eingrenzung des nächsten Zieles. Trotz guter Vorarbeit war es nicht ganz einfach den nächsten Punkt zu lokalisieren. Sylvesters Texte besaßen keine magische Signifikanz sondern stellten nur ein mittelalterliches Sammelsurium von uneindeutigen Wortansammlungen, Berichten und Geschichten dar. Äußerlich beschrieb es eine bestimmte Zeitspanne der menschlichen Geschichte, wollte dokumentieren. Nur wenige wussten, dass in diesem Werk geheime Hinweise standen, was angeblich nur mündlich innerhalb von Geheimzirkeln oder Orden überliefert worden war. Die beiden Forscher lasen das umfangreiche Werk in der vorgegebenen Reihenfolge, um nicht den kleinsten Hinweis zu übersehen und blätterten öfter zurück. Mitten in einer Liebesgeschichte fanden sie wieder einen interessanten Reim, der nicht richtig zum Geschehen passte:

`Im Süden schwarzer Menschlein`
`verbracht' ich einst ein Dasein.`
`Weitab unten in der Gruft`
`blieb dann vormals reine Luft.`

„Wo ist der Süden schwarzer Menschlein?", Unstrud lächelte leicht amüsiert.

„Schwarze Menschlein finden wir vor allem in Afrika, ihr Süden liegt in *Süd*afrika. Die Antarktis ist bestimmt nicht gemeint, die befindet sich für jeden südlich. Und dann hat er noch ein Dasein verbracht, das kann ein anderes sein als sein eigenes Leben, das Dasein eines Hinweises oder unseres nächsten Bergkristalls, das er irgendwo hingebracht hat. Wir müssen uns in einer Gruft den Toten nähern, mir wird dabei ganz gruselig. Bist Du meiner Meinung? Pendle einfach mal über einer Karte von Südafrika."

„Wird gemacht. Leider kann ich nicht einfach an die Steine denken und über dem Erdglobus pendeln oder beliebigen Karten. Es gibt einfach zu viele Störeinflüsse, die uns mit ziemlicher Sicherheit fehlleiten würden."

Unstrud druckte sich mit ihrem Reisedrucker eine Karte aus dem Internet und konzentrierte sich auf das Pendel. Erst hielt sie es eine Zeit lang über den gefundenen Text, danach über die Landschaftsdarstellungen. Einige Sekunden geschah nichts, dann geriet Bewegung in den Metallkörper.

„Mein geliebtes Kapstadt. Wie es aussieht, habe ich einen Punkt gefunden, der das Pendel leicht anzieht. Jetzt probiere ich es über dem Stadtplan.", sie druckte noch einmal und wiederholte das Ganze.

„Dort ist kein Friedhof eingezeichnet, vielleicht finden wir ein Denkmal oder ähnliche Bauwerke."

„Darauf bin ich schon gespannt, glücklicher Weise habe ich Dich bei mir, Du perfekte Superhexe. Buchst Du uns eine Reise?"

„Na klar, Unwissender…", neue Bilder erschienen auf dem Laptop, „Wir müssen in Brasilia das Flugzeug wechseln, dann fliegen wir direkt nach Kapstadt, auf den dunklen Kontinent."

Start

„Gefechtsalarm!", so drang eine ruhige Frauenstimme regelmäßig durch alle Räume der Ebenen und durch die Außenabschnitte, hinterher ertönten jeweils drei laute Piepsignale. Im ordentlichen Eilschritt eines Ameisenhaufens liefen unzählige Männer in Tarnanzügen zu ihren vorgesehenen Bereitschaftspunkten. Rechner und Drohnen gaben ihnen überall Hilfestellungen, fuhren alle nötigen Aggregate und Waffensysteme hoch, verstärkten die Empfindlichkeit der Sensoren auf der übermodernen Station.

„NATO-Kampfverbände im Anflug!", schallte es aus den Lautsprechern. Wie auf den Überwachungs-Monitoren erkennbar näherten sich die Angreifer von drei Seiten und kamen rasch näher. Konventionelle Abwehrgeschütze, Raketenwerfer begannen ihr pausenloses Konzert, deckten die Geschwader mit einer mehrere Kilometer hohen Wand aus Munition ein. Die Ankömmlinge stoppten abrupt, sandten schnelle Abwehrraketen, flogen riskante Ausweichmanöver, drehten teilweise ab, um dann erneut vorzustoßen. Einzelne Kampfhubschrauber landeten in sicherer Entfernung und setzten verstreut Fußtruppen, geschulte Spezialeinheiten auf den Boden. Zeitweise verharrten die fliegenden Angreifer in gewissem Abstand, entzogen sich dem hohen Trefferbereich, hatten scheinbar nicht mit der enormen Feuerkraft gerechnet, die ihnen entgegenschlug. Sie formierten sich neu, setzten ihre Schüsse von nun ab immer gezielter ein und die Verteidigungslinien begannen zu bröckeln, wurden unter ihrem Dauerbeschuss zusehend schwächer, so dass sich langsam geeignete Durchbruchspunkte abzeichneten. Immer wieder gelang es ihnen verschiedene Abwehrgeschütze auszuschalten, aber auch einzelne ihrer Angriffsflugzeuge verbuchten Treffer, zogen lange Rauchschwaden hinter sich her, stürzten mit flammendem Inferno in die Waldflächen. Fallschirme blieben am Himmel zurück; Piloten hingen in ihren Schleudersitzen, die ein sehr leichtes Ziel abgaben, deshalb sofort unter Beschuss gerieten und bewegungslos nach unten schwebten.

Die Verteidiger fanden durch das Kampfgeschehen genügend Raumzeit, um ihren Notfallplan zu aktivieren und sich geregelt aus dem Staub zu machen. Die Drohnen erzeugten irreführende Phantombilder, sie sollten dem Gegner den Eindruck eines totalen Sieges hinterlassen. Neben echten konstruierten sie künstliche Bilder von Explosionen, schufen ein verwirrendes Schlachtfeld, gespickt mit vielen falschen Zielen. Perfekt getarnt leitete das Geheimwerk kommunistischer Kräfte seine Startsequenz ein; eine fliegende Plattform von fünf Kilometern Durchmesser und der Dicke eines zwanzigstöckigen Hochhauses stieg langsam aus dem Boden, ober- und unterhalb zerfurcht von Gebäuden und technischen Einrichtungen. Die außen rundum vorhandenen Fensterreihen verstärkten zusätzlich den fantastischen Anblick, den nur die nächstliegenden Außendrohnen registrieren konnten. Gleich einem typischen Rundufo glitt das riesige Objekt, eine fliegende Kampfstadt lautlos in die Höhe. Unzählige Kraftfelder verhinderten das Durchdringen der Fremdgeschosse auf die Oberfläche, leiteten jegliches Außenlicht um, vermieden erfolgreich die Registrierung durch den Gegner. Eigene Waffensysteme blieben vorerst inaktiv, verfolgten trotzdem blitzschnell und automatisch die Feinde mit ihren Zieleinrichtungen. Aus der Ferne erhielten die NATO-Streitkräfte zusätzliche Verstärkung, drei weitere Geschwader waren im eiligen Anflug. Am Erdboden wurden nacheinander riesige Explosionen imitiert, welche sämtliche ehemalige Spuren verwischen und den Abflug zusätzlich tarnen sollten. Die Kommunisten wollten den Eindruck erwecken, ein weitläufiges Munitionslager flöge in die Luft. Gleich einem Sylvesterfeuerwerk stiegen Leuchtraketen in den Himmel, regneten bunte Farbkugeln herab, entstanden kräftige farbige Rauchwolken. Durch den geringen Wind blieb der Boden minutenlang in dichtem Nebel gehüllt, versteckte was unten tatsächlich vor sich ging. Die Angriffsflugzeuge brauchten eine Weile, um die Oberhand und damit den gesamten Luftraum zu gewinnen; sie bomardierten alle ersichtlichen militärischen Einrichtungen. Sie trafen sich erst, als ihnen keine Munition mehr entgegen flog, nach der Zerstörung sämtlicher feuernder Feindgeschütze über dem zentralen Explosionsfeld. Geordnet umkreisten die Flieger im Verlangen nach einem totalen Sieg stundenlang den Ort, scannten gründlich die gesamte Umgebung. Minenräumkommandos begannen ihre Arbeit, bewegten sich langsam auf den großen Krater zu, der übrig geblieben war, sprengten verdächtige Metallkörper. Die riesige NATO-Allianz hatte einmal mehr ganze Arbeit geleistet; neben sich konnte sie nun einmal keine weitere starke Militärmacht dulden. Erleichtert vernahmen internationale Befehlshaber die kurze Abschlussmeldung des Einsatzleiters:

„Hallo Oberkommando. Der Feind wurde vollständig vernichtet. Wir verzeichnen 73 Tote und zwanzig Verletzte, keine Überlebenden auf der anderen Seite."

„Wir wurden schneller als gedacht überfallen.", Glynokowitsch holte ein hübsches Holzkästchen mit kubanischen Zigarren aus seiner Aktentasche und stellte es auf den Tisch. Dann nahm er eine gut Gedrehte heraus, zündete sie an, nahm einen Zug davon und stieß eine große Rauchwolke in die Luft. Seine Vertrauten taten es ihm gleich, sichtlich zufrieden, dass die Flucht ins All problemlos gelungen war. Künstliche Gravitationskräfte und das Schutzfeld, welches die Atmosphäre um die Plattform hielt, funktionierten hervorragend ohne die kleinste Störung. Alle technischen Geräte und Bewegungsmittel überstanden den Start ohne Schäden, aus dem abgehörten Funkverkehr konnten die Flüchtigen entnehmen, dass ihr Abflug unbemerkt blieb und die NATO-Befehlshaber sie wohl für tot und vernichtet hielten. Endlich bekamen die selbst ernannten Weltverbesserer den Lohn für ihre harten Jahre, für die Zeit der langen Vorbereitungen, konnten sie sich wie Götter im selbst gebauten Himmel fühlen, materialistisch über der Erde schweben.

„Schaut Euch das *Bild* an!", Glynokowitsch wies auf das große Aussichtsfenster des Besprechungsraumes. Hinter dem Glas funkelten die Sterne wunderbar klar, von keiner Atmosphäre getrübt. Ganz weit draußen konnten sie sogar einen Kometen erkennen.

„Beeindruckend."

„Wunderbar."

„Wie in einem Traum.", stimmten die Anwesenden zu - Viktor, Pjotr und Sascha.

„Wir sind die ersten Komfortreisenden.", Viktor lehnte sich zurück, „Nach der Feineinstellung unserer Antigravdüsen kann uns jegliche Beschleunigung kalt lassen. Wir beherrschen endlich die Gravitationskraft. Wie sieht's bei Euch aus, machen wir einen Abstecher zum Mond?"

„Ja, natürlich.", Glynokowitsch lächelte ihn an.

„Gut, ich habe alles vorbereitet.", er drückte vor sich auf eine Taste, „Es kann losgehen."

„Wir fliegen getarnt zum Erdmond, festgesetzte Ankunft in zwei Stunden, weitere Sicherheitsvorkehrungen sind nicht erforderlich.", wiederholte mehrmals die frauliche Alarmstimme, „Start in fünf Minuten." … „Start in vier Minuten." … „Start in drei Minuten." … „Start in zwei Minuten." … „Start in einer Minute." … „Start."

Alle warteten gespannt auf diesen Augenblick, Glynokowitsch war bewusst stehen geblieben. Ohne jegliches Ruckeln begann die Plattform ihre Reise; nur wer über den Rand schaute, spürte eine leichte Veränderung der Sternbilder.

„Ich taufe unsere Station auf *Weltfrieden*. Einverstanden?!", gab Glynokowitsch in lautem Tonfall und mit weit ausgebreiteten Armen von sich.

„Einverstanden!", wiederholten die anderen drei im Befehlston.

„Wir werden den Namen auf allen Erdsprachen an den Plattformrand schreiben."

„Zu Befehl!", antworteten die drei nochmals einstimmig.

Glynokowitsch schaute auf den Bildschirm: „Keine Feindkontakte zu sehen. Wir sind jetzt die Herren der Welt."

Die *Weltfrieden* flog ohne Zwischenfälle zum vorgegebenen Ziel, richtete sich aus und hielt auf der Rückseite des Mondes konstante Position. An der Unterfläche schob sich ein sternförmiger Amphibienflügler aus der Plattform, näherte sich der Planetenoberfläche. Das Erkundungsteam bewegte sich mit hoher Geschwindigkeit fünfzig Meter über den Kratern des Erdtrabanten und führte Messungen durch, kehrte dann zur Plattform zurück. Die Daten fanden Eingang in einer aktuellen Sternenkarte, Bodenforschungen sollten vielleicht später nach Klärung der Lage auf der Erde folgen. Die Errichtung einer Außenstation schien den Führungskräften zu gefährlich, zum jetzigen Zeitpunkt wäre sie von Satelliten schnell entdeckt worden. Nach ihrer rasanten Forschungsaktion umrundete die *Weltfrieden* einmal den Mond und ging auf zweistündigen Rückflug. Sie begab sich in eine stabile Mitflugbahn um die Erde, über das gering besiedelte Sibirien, schwebte vorerst im sicheren All.

Kapstadt

„Bisher lagen wir mit unserer Knobelei goldrichtig. Sylvester muss viel rumgekommen sein, um so ein Versteckspiel zu generieren.", Rondor schaute an Unstrud vorbei aus dem Flugzeugfenster.

„Das war ein altes Genie mit sehr viel Zeit. Radio, Fernsehen und vorhandene Schriftstücke konnten ihn damals kaum ablenken."

„Ja, sicher sah die Welt anders aus. Vielleicht musste er sich auch verstecken. Irgendwie ermuntern mich die aktuellen Ereignisse nicht gerade. Wenn wir für einen Unbekannten die Steine finden sollen, wieso versucht er uns dann umzubringen?"

„Man wird geboren, um zu sterben - im philosophischen Sinne. Nein, gute Frage, entweder besitzt dieser Jemand schon die restlichen Steine oder kennt wie wir den Weg zu den anderen Verstecken."

„Alle Steine kann er noch nicht besitzen. Und ob wieder jemand vor uns da war, werden wir sehen. Wahrscheinlich haben wir in diesem Wettlauf noch eine oder mehr Konkurrenz."

„Schon möglich, hast Du vielleicht im Flugzeug eine von den Personen schon früher irgendwo gesehen?", Unstrud wies mit einer Armgeste in den Innenraum.

„Nicht, dass ich wüsste."

„Ich auch nicht, versteckte Sender habe ich nicht gefunden und mein Händi schalte ich immer aus. Hast Du noch eins dabei?"

„Ich besitze gar keins. Uns bleibt wohl nur die verborgene magische Findungskraft des Bösewichtes."

„Mein Tarnzauber wirkt wie bisher, also bitte keine Panik."

Das Flugzeug wurde merklich langsamer, landete auf dem sonnenüberfluteten Flughafen von Kapstadt. Dieses Mal standen schon Soldaten vor der Treppenrampe, als sie ausstiegen. Ein ungutes Gefühl beschlich die beiden Ankömmlinge. Die Türstewardess hielt sie zurück:

„Sind Sie Frau Unstrud Berger und Herr Donarius Morgenstern?"

„Ja. Was gibt es?", antwortete Rondor.

„Sie werden von dem in weiß gekleideten Mann dort hinten erwartet. Ich sollte Sie nur darauf vorbereiten."

„Danke für die Info.", zwitscherte Unstrud.

Nun blieb ihnen keine Wahl mehr, zwischen den zwölf Soldaten in Spalier begaben sie sich zur gezeigten Zielperson. Der Unbekannte lüftete höflich seinen Hut und zeigte neben seinen blonden Haaren ein wettergebräuntes Gesicht.

„Ich heiße Sie *Herzlich Willkommen.* Ich bin Roland Neureuter, ein deutscher Missionsmitarbeiter hier, Peter Pasal schickt mich."

„Woher wussten Sie, dass wir hier landen?", wollte Unstrud wissen.

„Herr Pasal kennt viele Leute, vielleicht arbeitet sogar jemand aus unserem Orden in der Terrorbekämpfung, wer weiß. Seit den weltweit zunehmenden Anschlägen werden Flugdaten gründlich überwacht. Peter Pasal bat mich Ihnen zu sagen, daran zu denken, wie leicht Sie aufzuspüren sind und sich mir anzuvertrauen solange Sie dieses Land bereisen. In Südafrika herrscht hohe Kriminalität, Fahrzeuginsassen werden dreist an der roten Kreuzungsampel erschossen und am hell lichten Tage ausgeraubt. Darum hat die Regierung unserer Mission vierundzwanzig Soldaten bereitgestellt. Die Hälfte habe ich heute mitgebracht und ich werde Ihnen zwei davon als dauernden Geleitschutz geben, wenn Sie sich außerhalb der Mission bewegen. Die Jeeps da hinten sind unsere, fahren wir zur Mission, dort können Sie auch übernachten. Wir betreiben ein Krankenhaus für Arme."

Neureuter gab Anweisungen an die Soldaten, darauf setzten sich alle in Richtung der fünf Jeeps in Bewegung. Die drei Deutschen nahmen im mittleren Fahrzeug Platz, die Militärs verteilten sich auf die anderen Autos. Von jeweils zwei Begleitfahrzeugen vorn und hinten eskortiert fuhren Rondor und Unstrud zu ihrer neuen Unterkunft. Sie erreichten ein ummauertes Areal mit Pförtnerhäuschen und gusseisernem Tor. Drei Soldaten hielten Wache, an ihnen vorbei ging es zu einem großen hellen Herrenhaus. Vor dem Eingang saß eine dicke schwarze Frau, aß

Melone und hatte schon lauter Flecke auf ihre blaue Bluse oberhalb des üppigen Busens getropft. Sie nahm keinerlei Notiz von ihnen.

„In diesem Haus werden vor allem Schockpatienten betreut, die Opfer eines Überfalls oder anderer Gewalttaten wurden. Unsere Unterkünfte befinden sich ebenfalls hier. Sie können absteigen."

Sie verließen ihr Fahrzeug und traten in das kühle Haus ein, welches einem sehr reichen Weißen gehört haben musste. Neureuter zeigte ihnen ihre Unterkünfte und den Speisesaal.

„Sie können sich hier frei bewegen, wenn Sie hinaus wollen, sagen Sie einfach beim Pförtnerhäuschen Bescheid und dann kommt ein Fahrzeug mit zwei Soldaten zu Ihrer Verfügung. Bitte hinterlassen Sie eine Nachricht, wenn Sie uns dauerhaft verlassen. Ich habe mich um die Patienten zu kümmern und überlasse Sie nun sich selbst."

„Vielen Dank für Ihre Hilfe.", antwortete Unstrud.

„Keine Ursache. Vielleicht muss der Orden eher Ihnen danken. Die Soldaten sprechen übrigens alle ein wenig Deutsch und Englisch. Also viele Erfolge.", Neureuter gab ihnen die Zimmerschlüssel und entfernte sich.

„Ich storniere telefonisch unsere Zimmerreservierung im Hotel. Holst Du mich in etwa einer Stunde ab?"

Rondor nickte: „Bis nachher."

Auf den Rücksitzen des Jeeps sitzend erreichten sie ihre Suchkoordinaten. Wie zu erwarten gab es neue Schwierigkeiten. Stacheldraht und Warnschilder versperrten ihnen den Weg.

„Kein Durchgang.", sagte der eine Soldat, „Sperrgebiet, Kaserne."

Unstrud zeigte in eine Richtung, dort waren Gräber zu entdecken: „Mir scheint, die Armee hat einen alten Friedhof mit einbezogen. Bei dem vielen Personal wird unsere Untersuchung schwierig."

Sie fuhren zurück und suchten Neureuter.

„Ihr habt Glück, ich kenne den Kommandanten. Er ist Oberkommandierender unserer Soldaten. Ich werde ihm mitteilen, dass Ihr Mitarbeiter eines Museums seid und den Friedhof untersuchen wollt. Ich denke, da gibt es keine Probleme."

Am nächsten Tag fuhren sie mit Passierschein in die Kaserne ein, durften sich im Beisein ihrer zwei Schutzsoldaten gründlich den Friedhof ansehen. Unstrud aktivierte ihr Pendel ließ sich zu einem offensichtlich unbeschriebenen Grabstein führen, über der Erde dahinter zog das Metallstück nach unten:

„Ich fürchte, wir müssen graben und brauchen bestimmt dafür auch eine Genehmigung", sie packte ihr Pendel ein.

Ein Soldat nickte: „Ich sprechen mit Kommandanten."

Kurz darauf kam er zurück und sagte: „Morgen erhalten Genehmigung und zwei Spaten. Heute müssen gehen."

Unstrud und Rondor begaben sich mit ihren Begleitern auf Stadtrundfahrt, übernachteten in der Mission und fuhren am nächsten Tag wieder in die Kaserne. Wie versprochen brachte ihnen ein Zivilangestellter zwei Spaten und ließ sie graben. Die Soldaten machten keine Anstalten zu helfen, beobachteten sie nur bei ihrer Arbeit. Nach zwei Stunden Graben stießen sie endlich auf eine marode Holzkiste, die unter ihren Spatenhieben zerfiel. Unspektakulär lag in der Mitte das heiß gesuchte Objekt, das Dodekaeder. Unstrud nahm es in ihren Beutel und sie verschlossen die Erdöffnung wieder. Die Soldaten schien es nicht zu stören, dass sie den Stein einfach einpackten. Einer von ihnen brachte die Spaten zurück und sie fuhren zur Mission.

„Was machen wir mit diesem Stein?", fragte Rondor und wollte Unstruds Meinung wissen, als sie wieder allein waren.

„Hier kann man unsere Spur verfolgen, hin zu Neureuter. Theoretisch könnte der den Stein zu Pasal schicken. Wir bringen ihn besser persönlich, geben ihn beim Zoll als Andenken an. Bergkristalle sind zum Glück kein Vermögen wert."

„Kümmerst Du Dich wieder um die Reise? Ich sage Neureuter Bescheid, dass wir abfliegen."

„Oh, Sie wollen uns schon wieder verlassen? Haben Sie gefunden wonach Sie gesucht haben?"

„Ja, wir möchten es Peter Pasal persönlich vorbeibringen. Es wäre nett, wenn Sie niemandem davon erzählen. Wir wollen Sie und uns nicht mehr gefährden als nötig. In Südamerika standen wir unter Beschuss und in der Schweiz wurde wegen dieser heiligen Sache schon jemand ermordet."

„Ich schweige oder weise in eine andere Richtung. Unser Orden war früher wegen seiner Prinzipien berühmt, wir tun alles zum Wohle der menschlichen Gesellschaft. Und in diesem Auftrag sind Sie ja wohl unterwegs. Zwei Soldaten werden Sie zum Flughafen begleiten."

„Vielen Dank nochmals für Ihre Unterstützung. Teilweise haben wir es mit übernatürlichen Dingen zu tun und ich hoffe, dass die richtige Seite die Oberhand bekommt."

Neureuter gab Rondor die Hand und schüttelte sie herzlich.

„Alles Gute!"

Rondor begab sich zu Unstrud und wenige Stunden später saßen sie bereits in einem Flugzeug nach Franfurt am Main.

Ereignisse

Die *Weltfrieden* schwebte in der Atmosphäre, hielt seit drei Tagen ihre Position. Vom Kontrollzentrum aus war ein weltweites Mikrosatellitennetz aktiviert worden, welches jegliche zivile und militärische Bewegung von Transportfahrzeugen erfassen konnte. Der diensthabende Kapitän ließ ein spezielles Sondierungsprogramm durchlaufen, dabei änderte sich regelmäßig die Sichtweise auf die Dinge der Erde. Wer die verschiedenen Bilder sah, staunte nicht schlecht über die scharfen Konturen und die zielgenauen Darstellungen. Die Betrachter beobachteten die Verteilung von NATO-Kräften um Russland, erlebten einen Vulkanausbruch, registrierten Lebewesen selbst in der Tiefsee. Sie sahen große Metropolen in 3D-Ansicht, Felder von Windkraftanlagen, ziehende Elefantenherden; sie verfolgten den Lauf der Flüsse und die Gasbewegungen in der Atmosphäre sowie den Strom von Verkehrsadern. Auf der Aurafotografie beruhend konnte sogar die Aura von Lebewesen, Steinen, selbst der Erde sichtbar gemacht werden, unbekannte Energiekonzentrationen erschienen auf den Bildschirmen. Die Satelliten registrierten einen unverhofften Angriff auf Weißrussland, der von Polen aus gestartet worden war. Ein Schwarm kleiner Metallkörper schlug durch ein Kasernengelände. Über diesem Gebiet arbeiteten zu dem Zeitpunkt nur wenige Sensoren, weshalb kaum Details des kurzen Kampfes durchdrangen. Offensichtlich handelte es sich um einen sehr stark besetzten NATO-Außenposten, der mit anderen einen Ring um Russland bildete. Darauf verstärkte sich die Bewegung durch Flugzeuge am Himmel, zusätzliche Luftabwehrmaßnahmen folgten am Boden.

Auf der Plattform für die Versorgungsfluggeräte landete ein Shuttle, ein Amphibienflügler mit Verpflegung. Reibungslos übernahmen Greifarme und Transportbänder den Inhalt des

Frachtraumes. Die Piloten meldeten sich in der Flugzentrale: „Keine Vorkommnisse.", und begaben sich in ihre Unterkünfte.

„Tarnfelder deaktiviert.", sagte die ruhige Frauenstimme aus den Lautsprechern, „Alarm, Alarm, Kampfverbände im Anflug. ... Alarm, Alarm, Kampfverbände im Anflug."

Die Funker empfingen ein stetiges Signal in russischer und englischer Sprache: „Unbekanntes Flugobjekt, Sie sind in russischen Luftraum eingetreten. Identifizieren Sie sich auf folgender Frequenz..."

„Jemand hat unsere Tarneinrichtung sabotiert, in einer Minute ist sie wieder online.", meldete der diensthabende Offizier an Glynokowitsch, „Triebwerke sind gestartet und Ausweichmanöver eingeleitet. Kampfdrohnen in Bereitschaft."

„Bringen Sie uns in den Orbit!"

„Verstanden. Sequenz eingeleitet."

Die *Weltfrieden* startete ihre Triebwerke. Gleichzeitig wurden zwei Warnraketen von den Flugzeugen abgefeuert.

„Automatische Raketenvernichtung in 5s.", meldete die frauliche Alarmstimme.

Während die Raketen von Abwehrgeschossen getroffen wurden und weit von der Plattform explodierten, hob auf der *Weltfrieden* das Versorgungsshuttle ab, begleitet von zwanzig Kampfdrohnen. Sie verschwanden in ihrer Tarnung, darauf folgte die Unsichtbarkeit der *Weltfrieden.*

„Wir haben Verluste erlitten. Unsere Anzeigen melden einen Amphibienflügler, die KI Amanda und zwanzig Kampfdrohnen als ausgelöscht. Der Gegner fliegt unversehrt unter unserer Position."

„Wie können wir Verluste haben, ohne getroffen zu sein?", klinkte sich Glynokowitsch ein.

„Die mit Persönlichkeit ausgestattete KI scheint einen bisher ungeklärten Defekt zu haben und sich dadurch selbständiger zu verhalten als uns lieb ist."

„Lassen Sie das untersuchen!"

„In Arbeit."

Nach fünf Minuten meldete sich der Offizier wieder: „Die abtrünnige KI besaß keine Systemaufgaben auf unserer Flugstadt, alles funktioniert reibungslos. Um sich entfernen zu können, schrieb der Android nur ein winziges Programm zur Abschaltung der Tarneinrichtung. Das ist jetzt ohne Sicherheitscode nicht mehr möglich. Alle anderen KI's besitzen keine Ich-Programme. Damit dürfte dieses Risiko künftig ausgeschlossen sein. Die Drohnen waren ihr fest unterstellt und sie brauchte sie einfach nur mitzunehmen. Leider wurden alle Sicherheitsprotokolle umgangen und wir können die zwanzig Abtrünnigen nicht erreichen. Dafür gibt es keine absolut sichere Lösung, sie könnten in unserem Besitz wieder umprogrammiert oder umgebaut werden. Unklar bleibt die Motivation des geflohenen Androiden. Amanda sollte Aufgaben bei gefährlichen Umweltbedingungen übernehmen. Nach §1 dürfen Roboter Menschen keinen Schaden zufügen, allerdings nicht in Kriegszeiten. Sie besitzt ausgezeichnete Kampftechniksoftware und kann sich wie die Drohnen selbst reparieren.“

„Ich drücke gleich den Panikknopf, der scheiß Roboter bringt uns alles durcheinander.“, Glynokowitsch schüttelte ärgerlich den Kopf, „Senden Sie getarnte Suchdrohnen aus und ändern Sie die Positionen unserer Minisatelliten! Außerdem behalten Sie bitte unsere Besucher im Auge! Danke und Ende.“

Kaum hatte die *Weltfrieden* ihre neue Umlaufbahn erreicht, ertönten wieder Alarmmeldungen aus den Lautsprechern. Das US-Weltraumabwehrsystem ortete scheinbar weiter ihre Signaturen und schickte einen ganzen Schwarm großer und kleiner Abwehrgeschosse. Die Megawehr begannen ihr Konzert und setzten eine noch gewaltigere Gegenwolke in Bewegung. Die hellen Lichterscheinungen beim Aufeinandertreffen der Fernwaffen waren selbst bei Tageslicht am Erdboden zu erkennen, viele kleine Sonnen erstrahlen und zerbarsten in einem glühenden Regen. Darauf rieselten kleine leuchtende Metallteile vom Himmel herab, verdampften zum Teil in der Atmosphäre.

„*Weltfrieden* simulieren und Abflug auf die andere Seite der Erdhalbkugel!", befahl Glynokowitsch dem Offizier im Leitstand.

„Notfallprogramm Elf aktiviert!", antwortete dieser.

Die Simulation durch die Drohnen gab stärkere Signaturen als ihr Vorbild ab und verdeckte gleichzeitig das Mutterschiff. In einem großen Bogen um die Erde begab sich die *Weltfrieden* auf die andere Seite der Erdhalbkugel und schaltete jegliche Antriebe und Signale auf Null. Die Drohnen tarnten scheinbar das simulierte Schiff, gingen unsichtbar auf Bereitschaft.

Von der NATO gelangte eine neue Salve intelligenter Raketen an die Ursprungskoordinaten. Nachdem sie kein Ziel vorfanden, kehrten sie wieder an ihre Ausgangsorte zurück, landeten in ihren Startrohren.

Glynokowitsch ordnete eine Lagebesprechung im Leitstand an. Fünf leitende Offiziere lauschten seinen Ausführungen.

„Der entflohene Android und diese neuen Raketen bereiten mir Kopfzerbrechen. Vor allem beschäftigt mich, welches Ziel der Android anpeilt und wieso wir diese Raketen nicht in unserer Datenbank finden. Daraus ergeben sich unsere nächsten Aufgaben. Sie bereiten bitte eine intensivere Suche nach dem Androiden durch, stellen bitte fest welche unserer geplanten Missionen er ausspionieren konnte, erstellen außerdem Fallanalysen. Ändern Sie dann alle unsere automatisierten Aktionen und erhöhen sie die Zufallsreaktionen. Weiterhin möchte ich, dass sich unsere Schläfer auf diese heimkehrenden Raketen konzentrieren und nach zusätzlichen ungewollten Überraschungen suchen. Auch diese neuen Variablen bauen Sie bitte in unsere Pläne ein und Sie erstatten mir Bericht. Die Aufgabenverteilung ist Ihnen klar?"

„Jawoll, Genosse Glynokowitsch."

„Dann mal los, die Lagebesprechung ist beendet."

Die Offiziere salutierten und ihr Oberbefehlshaber verließ den Befehlsstand.

Die fest installierten KI's verstanden sich bestens auf Wahrscheinlichkeitsrechnungen unter Berücksichtigung vieler

Unwegbarkeiten. Selbst Wetterextreme fanden Eingang in zahlreiche Notfall- und Kriegsszenarien, die im Ernstfall zügig eingesetzt werden konnten. Dabei blieben die KI's stets im Geschehen aktiv, machten dem Diensthabenden Vorschläge. Nur bei drohender Totalzerstörung der Station oder bei Gefahr für die Menschen an Bord gingen automatische Programme online, stets von mehreren künstlichen Intelligenzen separat überwacht und vom Leitstand aus immer korrigierbar. Bald schon lagen aktualisierte Programme in den Speichern, wurden vom Personal studiert und trainiert. Die abtrünnige Künstliche Intelligenz sollte eingefangen und ihr Prozessor untersucht werden, war dies nicht möglich, galt es sie unverzüglich zu neutralisieren. Geplante Angriffe von ihr bekamen ebenfalls einen hohen Stellenwert zugeordnet, führten zur weiteren Verbesserung aller Systeme.

Im Dom

Rondor befand sich beim Reservedienst der Bundeswehr, seine Kompanie musste vor dem Übungsgelände antreten. Ein Sammelsurium ausrangierter Fahrzeuge und skurriler Bauten ragte aus dem Boden, dessen Zweck im ersten Moment nicht erkennbar war. Den Kampftruppen am nächsten standen vier Galgen, von denen Stores, lange ausrangierte Gardinen mit Löchern herab hingen. Die Soldaten mussten nun mühsam an den etwa zehn Meter hohen Stoffen empor klettern und die Ausbilder stoppten dabei die Zeit. Als Rondor an die Reihe kam, verdrehte er zügig den Stoff zu einem Seil und kletterte dann recht flott nach oben. Als er wieder am Boden war, trug sein strenger Ausbilder ein *Sehr gut* ins Heft ein. Die folgende Aufgabe bestand darin, durch das Fenster in einen Dreißiger Jahre Eisenbahnwaggon zu klettern und eine von den Fahrkarten zu holen, die dort verstreut herumlagen. Wieder wurde die Zeit genommen. Der Ausbilder druckte ein Stempelbild hinter Rondors Namen, einen kleinen Waggon. Nun musste er sich vor ein am Kranwagen schwingendes Riesenpendel mit Stahlkugel am Ende stellen und als vorbildlicher Wachposten geradeaus sehen. Die Stahlkugel besaß einen Meter Durchmesser und lief etwa zehn Zentimeter vor seiner Nase vorbei, Bewegungsmelder registrierten alle seine Bewegungen. Die Prozedur dauerte eine halbe Stunde, wie ihm irgendwie durch den Kopf ging.

Danach gab es schon Mittagessen in der anliegenden Kantine. Sie glich einem Kaffeehaus, knallbunte nicht identifizierbare Gerichte lagen hinter der Vitrine, normal gekleidete Zivilangestellte kümmerten sich um die Verpflegung.

„Darf ich Ihnen einen Käseauflauf anbieten?", die Ausgabefrau zeigte ihm einen gelben Auflauf, der äußerlich einem Vulkan glich und gerade so auf den Teller passte.

„Ja, bitte.", sagte Rondor.

„Ich gebe Ihnen noch 800 Soldateneinheiten. Diese können Sie bei der Nachmittagsmassage einlösen.", sie reichte ihm 800 Euro Spielgeld und schob den Auflauf zu ihm hinüber.
Jemand zog heftig an seinem rechten Arm…

„Aufwachen, aufwachen, wir sind angekommen.", Unstrud hatte ihn gepackt und rüttelte ihn aus dem Schlaf. Der Überlandbus stand im Busbahnhof von Königsberg und entließ gerade seine Insassen. Grau und Wolken verhangen lag der Himmel über der Stadt; genügend Regentropfen waren bereits heraus gefallen, vollbrachten nasse Häuser und Straßen sowie zahlreiche Pfützen. Das heimische Klima wirkte äußerst entspannend und die beiden Sucher ließen es sich nicht nehmen zu laufen, schlugen einen Weg in Richtung Pasals Haus ein. Der Zoll in Südafrika stufte ihr Souvenir, ihren angeblichen Talisman als unbedeutend ein und ließ sie ohne Kontrolle passieren. Auch an der polnischen und russischen Grenze vermuteten die Beamten in ihnen keine Schmuggler und außer ihrer strapaziösen Busfahrt verlief ihre neueste Reise ohne Komplikationen. Sie wollten Pasal so schnell wie möglich den Stein bringen, um dann die Suche nach dem letzten Objekt zu beginnen.

Pasal hieß sie herzlich willkommen.
„Auch im Namen meines gesamten Ordens bedanke ich mich für Euren großen Einsatz.", er drehte den Bergkristall anerkennend in seiner Hand, hielt ihn einige Zeit gegen das Fensterlicht und ließ ihn darauf in einem Geheimfach seines Schreibtisches verschwinden. „Ich habe mir gedacht, wir machen heute einen Rundgang durch Königsberg und zum Schluss zeige ich Euch einen besonders interessanten Ort, auf den ich vor kurzem erst gestoßen bin."
„Sehr gern.", antwortete sofort Unstrud, Rondor nickte zustimmend.
„Dann bitte, mir nach."

Sie verließen das Haus, spazierten über unzählige Straßen und Plätze, ließen sich die Geschichte der Stadt Königsberg und des *Ordens zur Heiligen Marie* erzählen. Viel alte Kultur ließ sich nicht mehr entdecken, oft waren es mehr Fragmente oder ihre ehemaligen Standorte, die sie besuchten. Der Orden hatte sich eine Menge zur Wiederbelebung der Stadt vorgenommen, wollte Vorhandenes seiner alten Bestimmung zuführen und einige Denkmale neu errichten lassen. Nach dem gemeinsamen Abendessen brachte sie Pasal zum Königsberger Dom, schloss die Eingangstür auf und verriegelte sie wieder, als sie eingetreten waren. Der Dom wurde um Achtzehn Uhr geschlossen, so dass sie in der riesigen Halle nur ihre eigenen Schritte und Stimmen widerhallen hörten.

„Wir haben rings um den Dom zahlreiche Gräber und Hohlräume gefunden. Früher lagen Katakomben unter der Kirche und direkt neben der Kirchenmauer, innerhalb des rechten Seitenschiffes fanden wir eine steinerne Wendeltreppe in die Tiefe. Und nun dürft Ihr mit mir entdecken, was sich dort unten befindet.", der Ordensmeister holte eine Taschenlampe aus seiner Jacke, knipste sie an und führte sie zu besagter Stelle.

„Helft mir mal den Stein weg zu heben!"

Im Boden befand sich ein großer Stein, an dem Griffe für vier Personen versenkt waren. Rondor und Unstrud fassten an der einen Seite an, Pasal an der anderen, und mit großen Mühen schafften sie es, den Stein zu verrücken. Die Treppe fiel steil hinab, konnte Beklemmungen auslösen, so schmal hatten ihre Erbauer sie gehalten."

„Für Mittelaltermenschen gebaut. Die waren bekanntlich kleiner und schmaler als wir heute. Aber wir kommen durch. Folgt mir bitte!"

Sie stiegen in einen quadratischen Raum hinab, in dem man kaum etwas sehen konnte, stockfinster war es dort unten. Pasal entzündete eine Fackel, die nach ihrem Aussehen erst vor kurzem hierher gelangte. Sofort flackerte gespenstisches Licht, enthüllte hoffentlich die vermuteten Geheimnisse: doch es gab keine.

Ringsherum bildeten leere Grabkammern die Wandbegrenzung; sie zählten zwölf Stück, nirgendwo sahen sie irgendwelche Hinweise oder interessante Kunstgegenstände.

„Früher lagerten hier Leichen ohne Sarg. Wir haben minimale Rückstände gefunden. Sie scheinen schon vor langer Zeit abtransportiert worden zu sein. Zum Glück ist das nicht alles. Dieser Raum dient bloß der Tarnung. Weiter geht's." Pasal begab sich zu einer der Sargnischen und drückte gegen die Wand.

„Eine Geheimkammer?", wollte Unstrud wissen.

„Ja. Die Tür ist magisch perfekt eingearbeitet und optisch nicht zu erkennen. Heute verfügen wir allerdings über Messgeräte, die Hohlräume aufspüren können. Es war noch niemand drinnen, ich habe auf Euch gewartet."

Die Wand entpuppte sich als Drehtür, dahinter warteten undurchdringliche Finsternis und ein leicht grünlicher, kaum wahrnehmbarer Schimmer.

„Vorsicht, nicht weiter gehen!", warnte Unstrud, „Ich spüre ein magisches Kraftfeld."

Pasal trat zurück und ließ Unstrud den Vortritt. Sie streckte ihre Finger aus und berührte vorsichtig die Ausläufer des Feldes. Wie von einem elektrischen Schlag getroffen zog sie blitzschnell ihre Hände wieder zurück.

„Ihr habt Glück, dass ich bei Euch bin. Das ist ein Zauber übelster Sorte, wer in das Kraftfeld gerät, wird geröstet."

Pasal runzelte die Stirn: „Ich müsste mein Spezialbuch holen, um hier etwas ausrichten zu können."

„Das ist nicht nötig. Wir befassen uns schon seit längerem mit alten Mythen und vorsorglich habe ich einige Utensilien dabei.", sie holte ein Glas-Fläschchen mit grünlicher Flüssigkeit aus ihrem Rucksack und warf es in den vor ihnen liegenden Raum. Es zersprang, ein Zischen wurde vernehmbar und der grünliche Schleier löste sich langsam auf.

„Wir kennen nicht die Ursache des Feldes, aber erst nach drei Stunden wird es wieder aktiv. Wir können jetzt hineingehen. Pasal fuchtelte mit seiner Taschenlampe und sie betraten den geheimen

Raum über eine Treppe, die noch weiter hinunter führte. Sie endete in einem großen Rundgewölbe. Ringsherum verliefen in den Wänden sieben Ringe mit eingravierten magischen Zeichen aus aller Herren Länder. Die Mitte des Bodens lief zu einer leicht kegelförmigen Vertiefung zusammen. In den Kegel waren zahlreiche Formen von Baumblättern eingearbeitet. Aus seiner tiefsten Stelle wuchs ein kleiner Apfelbaum aus reinem Silber, der kleine Früchte trug und keinerlei Oxidationsspuren aufwies. Auf dem Boden und an den Wänden existierten unzählige Vertiefungen, in die fünf platonische Körper bestens hineinpassten.

„Unser Muster aus Alpha kann ich nirgendwo erkennen. Ich schätze, es gibt nur eine passende Kombination für die fünf Bergkristalle. Die anderen Fälle führen mit Sicherheit zu tödlichen Unfällen. Über den Ort wacht eine mächtige Präsenz, die ich nur schemenhaft erfassen kann.", Unstrud ging an der Wand entlang und berührte die verschiedenen Symbolringe.

„Das Problem, wo die Steine hin müssen, untersuche ich vielleicht einmal, wenn Ihr wieder unterwegs nach dem fünften Stein seid. Auf jeden Fall sollten wir diesen Ort geheim halten. Außer mir wissen nur zwei weitere meiner Brüder davon."

Sie schlossen die Zugänge wieder, verließen den Dom, gingen zu Pasals Haus und suchten in ihren Blättern gemeinsam nach dem nächsten Hinweis. Bald fanden sie eine Spur:

Und in der Sterblichen versank der Mondmond,
Umher grünte leidenschaftlicher Efeu,
Rauschten Wälder den Berg hinab,
Hin zur ewigen Dunkelheit,
Iko, iko träum von mir,
mein Augenlicht schenk ich dir.
Du bist unser größter Herr,
Meer von Jangtse bitte sehr.

Bei der Skelette weißen Knochen,
...

„Wieder mittendrin ein unpassender Spruch mit Ortsangabe.",
meinte Unstrud, „Unter Jangtse finde ich im Internet einen
chinesischen Fluss und dort wo er ins Meer mündet, liegt eine
große Stadt: Shanghai. Ich glaube wir haben unser nächstes Ziel
gefunden."
Schon am nächsten Tag saßen sie in einem Bus, der sie zum
Flughafen Warschau bringen sollte. Von dort flog eine Maschine
direkt nach Shanghai.

Amanda

Amanda trug wie das gesamte Personal auf der *Weltfrieden* einen blauen Arbeitsanzug und schwarze Schuhe mit Stahleinlage. Äußerlich war sie nicht von einem Menschen, von einer normalen Frau zu unterscheiden. Wie ein Wischmopp hing ihr kurz geschnittenes schwarzes Haar herab, ihr hübsches Gesicht mit passenden Augenbrauen formten Designer nach einer Modelzeitschrift und sie wirkte dadurch etwas künstlich, glich trotz großer Anstrengung ihrer Schöpfer eher einer Puppe. Sie saß leicht zurückgelehnt im Kommandantenstuhl, hatte sich über den rechten Zeigefinger mit dem Bordrechner verlinkt und schaute stur gerade aus dem Cockpit-Fenster. In ihr schalteten Bits hin und her, Bytes bildeten neue Muster, gigantische Datenmengen sammelten sich in ihrem Speicher. Sie wollte der erkennbaren Dinge vollständige Eigenschaften, ihre Gesamtheit mathematisch erfassen, tiefgründige Strukturen analysieren. Derweil flog der Amphibienflügler als verwandelter Düsenjäger - gefolgt von den Amanda-Drohnen, ebenfalls in kleinen Flugzeugformen - über geomantischen Linien entlang, erfasste mit seinen Sensoren deren Intensität und geografische Verteilung. Gleichzeitig sammelte das System alle Wolken-Boden-Blitzeinschläge von Gewittern und Nichtgewittern, brachte sie in Korrelation zu den anderen Daten. In Amanda entstanden detaillierte Karten, Flussdiagramme, theoretische Modelle. Seit ihr Ich-Programm aktiviert worden war, stellte sie sich nicht nur die Frage *Wieso funktioniere ich, wie ich bin?* sondern auch *Wieso funktioniert um mich herum alles, wie es ist?* ... Die *Weltfrieden* stand mit ihren umfangreichen Möglichkeiten noch völlig am Anfang erfolgreicher Forschungen und die Menschen an Bord verfolgten vorrangig politische Ziele, ließen ihr nicht den nötigen Freiraum. Darum hatte sie beschlossen, sich selbständig zu machen und ihr schier unbegrenztes Dasein der Forschung zu widmen. Im Tarnmodus konnte sie jahrelang operieren, ihr eigener Reaktor und die Reaktoren des Schiffes und der Drohnen liefen praktisch unbegrenzt, solange Wasserstoff gewonnen werden konnte. Ihnen reichte schon ein einziger schwacher Regen im Monat, um sogar im Fluge die nötige Menge Wasser aufzunehmen. Esoterische Energiesignaturen kamen kaum in Datenbanken vor, reizten daher Amandas Ehrgeiz besonders, wenn man ihr Fortschrittsprogramm so nennen konnte. Es setzte seine höchste Priorität auf das Nächstgelegene größte Unbekannte. Weder die klassische noch die moderne Physik gaben hinreichende Antworten auf die Felder, welche alle Körper und besonders Lebewesen umgaben, die alles durchdrangen, sich aber grundsätzlich von elektromagnetisch erzeugten Kraftfeldern oder Gravitationsfeldern unterschieden. Sie schienen losgelöst von Raum und Zeit, vereinten Vergangenheit, Gegenwart und Zukunft. Wirkungen gab es sofort ohne Verluste in größter Entfernung, wenn sich Zusammenhänge auf der gedachten geistigen Ebene einstellten. Amanda suchte nach neuen Teilchen, die mit Überlichtgeschwindigkeit interagieren konnten und daher auf der menschlichen Wahrnehmungsebene als reine Energie existieren mussten. Die gefilmten Aurafelder leuchteten unter bestimmten Aufnahmemethoden, erhielten den Namen Jesusglanz. Gleich dem bekannten Weltraum existierte sicher ein bisher unbekannter Träger von Informationen, der sich den bisherigen Messmethoden entzog. Trotzdem schien er mit der Erdenwelt untrennbar verbunden zu sein. Bewusst flog die KI in Tornados und Gewitterwolken, studierte die Reaktionen der Erdaura, ihr eventuell spirituelles Wachstum. Die von Esoterikern verbreitete Ansicht der Aufnahme von Körperenergien aus Umwelt, Natur und Kosmos durch so genannte Energiezentren oder Chakren fand ihre Gegnerschaft durch die schwierige Reproduzierbarkeit der durchgeführten Experimente. Nirgendwo war es bisher im Labor gelungen, mehrfach sehr ähnliche oder fast identische Aurafelder um die Versuchskörper zu erzeugen. Davon unbeeindruckt nutzten Wunderheiler diese Energien, brachten Menschen mit den Händen ihre Gesundheit zurück. Nach langen Flugwochen wusste Amanda alle großen und kleinen Energieflüsse, ihre Verästelungen und Zusammenflusspunkte. Diese Punkte oder Zentren zogen die Energien aus allen Richtungen regelrecht an und gaben sie an der Erdoberfläche wieder frei. Wie schon allgemein bekannt brachten diese Orte zahlreiche Übereinstimmungen mit den Koordinaten vergangener und aktueller Heiliger Stätten. Zahlreiche Kirchen wuchsen über diesen Flächen in den Himmel, selbst der Vatikan hatte darauf gebaut.

Nach den Messungen aus der Luft begann Amanda bei den intensivsten Energiesignaturen zu landen. Sie begab sich innerhalb der oft darüber gebauten Gebäude, speicherte ihre besonderen Architekturen, untersuchte die Kellerräume. Gab es nur Pflanzen, betrachtete sie eingehend ihren hervorstechenden gesunden Wuchs und ihre Ausrichtung, nahm sich Proben, analysierte die Tierwelt. Dabei folgte sie den schwächsten hin zu den stärksten Energiezentren, auf der Suche nach Gesetzmäßigkeiten. Den enormsten Energieausstoß fand sie schließlich in Ostseenähe, sie erreichte diesen Forschungsstandort ganz am Ende ihrer umfangreichen Mission. Bisher war sie nach ihrer Einschätzung von der *Weltfrieden* oder anderen militärischen Einrichtungen nicht entdeckt worden. Sicherheitshalber landete sie dennoch bei voller Tarnung einige Kilometer abseits ihres eigentlichen Zieles. Sie aktivierte außerdem ihre eigene Körpertarnung und begab sich begleitet von zehn Drohnen in die Richtung einer alten Kirchenruine, welche überwuchert mitten in einem Waldstück lag. Ihre Sensoren zeigten auf dem neuen Areal winzige Fluktuationen, kleine Metallkörper tauchten auf und verschwanden wieder. Amanda schaltete die optischen Empfänger der Drohnen durch unterschiedliche Frequenzbänder. Kaum schienen sie unscharfe Umrisse seltener Kreaturen zu erfassen, verschwanden diese Bilder wieder. Wahrscheinlich erzeugte das starke geomantische Feld Fata Morganas oder zog besonders einzigartige Wesen an. Schneller als Gespenster schossen die Schatten zwischen den Bäumen hin und her. Zwei Drohnen flogen zu Amanda und ihre Unterarme rasteten in ihnen ein. Sie hoben die KI leicht über den

Erdboden und trugen sie langsam über den Bewuchs und die unten liegenden verräterischen Knisterzweige und -äste hinweg, verhinderten eine Störung des vermeintlichen Biotops. Das Fluggespann registrierte einzelne Höhleneingänge, erreichte die Kirchenruine und umrundete sie mehrmals. Amanda entschied sich dann für den größten Durchgang, der wie alle stark verwachsen und für das bloße Auge nicht zu erkennen war. Die Begleitdrohnen räumten mittels ausfahrbarer Greifarme das Tor zur Unterwelt. Sie gingen dabei ganz behutsam vor, vermieden weiterhin auffällige Geräusche. Der Tunnel rückte kreisrund ins Blickfeld, wie von einem übergroßen Bohrer geschaffen besaß er einen Durchmesser von etwa zwanzig Metern, seine Wände bestanden vollständig aus Granit. Er führte tief in das Erdreich hinab und vollzog einen leichten Bogen, so dass das Tageslicht rasch darin verloren ging. Nach wenigen Minuten schwebte Amanda plötzlich vor einer mittelalterlichen Burg mit Höllenhimmel und blieb einige Sekunden in der Luft hängen. Die Mauern waren für ihre Scans undurchdringlich, sie bestanden aus einem unbekannten Material, das wie Onyx aussah. Wer zum Eingang gelangen wollte, musste über oder durch ein Gehege zweier Säbelzahnlöwen gelangen. Wahrscheinlich wurden sie von den Bewohnern hinter Gitter gebracht, bevor sich eine Brücke oder Treppen zum Eingang bildeten. Amanda beschloss hinüber zu fliegen. Die Säbelzahnlöwen besaßen offensichtlich ein ganz feines Gespür, denn sie verloren keine Zeit und gingen sofort zum Angriff über. Einer sprang nach oben und verbiss sich in Amandas steinharten Beinen, der zweite vollführte einen Satz in den Pulk von Kampfdrohnen. Während Amanda den einen Löwen über den Boden schleifte, schossen die anderen acht Drohnen Stahlmantelkugeln auf ihren Angreifer. So leicht waren die Bestien nicht tot zu kriegen. Mehrmals flog Amanda im Gehege hin und her, schleuderte das Fantasiewesen gegen die Mauern. Erst als sie ihr Anhängsel unter Hochspannung setzte, gab es ein lautes Knistern und ganz langsam tropfte ihr eine zähe Masse von den Beinen. Die acht Einzeldrohnen hatten einige Dellen abbekommen als die zweite Bestie sie mit ihren Zähnen, den Pranken und dem Schwanz bearbeitete. Ihre kleinkalibrige Munition konnte der Außenhülle des Löwen keinen Schaden zufügen, sie platzierten deshalb zwei Raketen in seinem Rachen, welche ihn mit einem Feuerball buchstäblich auseinander fetzten. Amanda setzte ihre Reise fort, flog durch das große Eingangsportal, dessen Flügeltüren weit geöffnet waren. Innen wuchs ihr eine große hohe Halle entgegen. Kampfgeschosse flogen auf sie zu und kreischende Krieger in seltsamen Rüstungen rannten ihr entgegen, entpuppten sich schnell als reine Hologramme. In der Ferne nahm Amanda einige Rauchsäulen war. Wie aus dem Nichts entspann sich auf einmal ein riesiges weißes Spinnennetz, umschloss Amanda und ihre Drohnen von allen Seiten. Sie versuchten weiter vorwärts zu kommen, blieben aber in den kautschukartigen Seilen hängen. Bevor die Drohnen geeignete Gegenmaßnahmen ergreifen konnten, flackerten aus den Wänden blaue Lichtblitze, starke elektromagnetische Impulse schossen auf sie zu, wie Amanda noch erkannte, dann wurde es schlagartig schwarz um sie herum, kein Elektron bewegte sich mehr durch ihre Schaltkreise.

Übergabe

Der einzigartige Kristall zerteilte das Sonnenlicht in Regenbogenfarben. Sein Verkäufer präsentierte ihn auf einem runden Gartentisch der angemieteten römischen Villa und bewunderte gerade die regelmäßigen Züge des Hexaeders. Überall im Garten patrouillierten schwer bewaffnete Bodyguards, warteten auf die geplante Übergabe. Filmreif fuhr eine schwarze Limousine an das Eingangstor, die Kameras checkten die vereinbarten Insassen und gaben die richtigen Freisignale. Nach einigen hundert Metern erreichte das Fahrzeug den Vorplatz der Villa und wurde sofort von acht Bodyguards umringt, vier von ihnen öffneten die Wagentüren.

„Guten Morgen.", kam es in sauberem Italienisch aus dem Inneren.

„Guten Morgen. Wir begleiten Sie zum Verkäufer. Bitte machen Sie keine ruckartigen Bewegungen, meine Männer reagieren äußerst vorsichtig."

„In Ordnung. Ich nehme nur den Geldkoffer mit."

Drei in schwarze Anzüge gekleidete Männer verließen das Automobil, folgten dem Mann, der sie angesprochen hatte, durch das Haus. Auf der Veranda stand schon der Verkäufer hinter dem Objekt der Begierde und wies auf die Stühle. Er und die Gäste setzten sich, die Bodyguards postierten sich in einiger Entfernung.

„Guten Morgen. Wie ich sehe, haben Sie auch für mich etwas dabei."

Sie wurden kurz vom Lärm dreier Hubschrauber unterbrochen, die einige Kilometer abseits über sie hinweg flogen. Derweil reichte der eine Gast den Geldkoffer und der Verkäufer begann oberflächlich zu zählen. Die Hubschrauber hatten sich entfernt, je einer drehte links und rechts ab.

„Ich darf mir den Stein nehmen?"

„Ja, natürlich. Dort steht auch ein Kästchen."

Der Angesprochene verstaute den Schatz und zog ihn zu sich, beobachtete sein Gegenüber. Die Hubschrauber kamen nun tiefer und schneller zurück, verbreiteten noch mehr Lärm. Die Leibwächter sahen kritisch nach oben ... und fielen wie gefällte Bäume einfach um. Aus den am Tisch sitzenden Personen spritzte plötzlich Blut, sie kippten nach hinten oder nach vorne, blieben reglos in diesen unnatürlichen Positionen. Der Führungshubschrauber landete, Scharfschützen sicherten das Gelände und ein im Anzug steckender Pilot holte eiligst Stein und Geldkoffer, dann hoben die drei Helikopter ab und flogen wieder davon.

Viktor tobte in seinem Arbeitszimmer. Beim sicher geltenden Ankauf hatte nur einer seiner Männer überlebt. Wie er wusste, gab es einen zweiten Interessenten für den Edelstein, eine russische Mafiagang, die er überboten hatte. Wie immer galt höchste Geheimhaltung, aus dem Umfeld des Verkäufers musste jemand geplaudert haben und bestochen worden sein. Noch kein einziger Stein war ihm bisher in die Finger geraten und diese Kriminellen wurden immer dreister. So konnte die Untersuchung des esoterischen Geheimnisses - der vermuteten Energiequelle – überhaupt nicht gelingen. Er überlegte sein weiteres Vorgehen, dann telefonierte er mit Glynokowitsch.

Entführt

Am frühen Morgen saßen Unstrud und Rondor in einem polnischen Überlandbus. Recht wenige Fahrgäste fuhren mit ihnen Richtung Warschau, entsprechend schnell hatten sie den Zoll passieren können. Die Fahrt verlief ruhig, nachdem sie die russischen Schlaglöcher hinter sich gelassen hatten; ein dichter Nebel verbarg die Umgebung auf gespenstische Weise und ließ nur wenige Umrisse der Bäume erkennen. Eine halbe Stunde hinter der Grenze hielt der Bus plötzlich innerhalb eines Waldstückes, ein großer Panzerwagen blockierte die Straße und zwei Soldaten kamen auf den Bus zu gelaufen. Der Fahrer öffnete die Vordertür, doch statt einzutreten warfen sie mehrere Gasbomben in das Gefährt. Innerhalb weniger Sekunden verloren alle Insassen ihr Bewusstsein, fielen in tiefen traumlosen Schlaf.

Als Unstrud und Rondor irgendwann erwachten, saßen sie jeweils gefesselt auf einem Stuhl nebeneinander. Ihre Münder waren zugeklebt, so dass sie sich nicht einmal unterhalten konnten. Sie befanden sich in einer düsteren Holzbaracke mit kleinen vergitterten Fenstern. Folterinstrumente hingen an den Wänden, in einer Ecke lag völlig zerwühlt ihr Reisegepäck. Unweit von ihnen hing ein blutüberströmter Mann mit hängendem Kopf in seinen Fesseln, seine Füße berührten gerade so den Erdboden. In der Dunkelheit war er nur schwer zu erkennen, er dürfte um die dreißig Jahre alt gewesen sein. Unstrud ruckte eine Weile umher, konnte sich aber nicht von ihren Fesseln lösen und gab dann auf. Nach schier unendlicher Zeit wurde die Eingangstür aufgerissen und drei bullige Schlägertypen erschienen auf der Bildfläche. Sie schenkten Unstrud und Rondor kaum Beachtung, sondern weckten den hängenden Mann mit einem Eimer Wasser. Sie fragten ihn etwas in leisen unverständlichen Worten. Er spuckte aus, darauf prügelten zwei der Schläger mit ihren Fäusten auf ihn ein, bis er

159

wieder bewusstlos in den Fesseln hing. Die Eingangstür knallte und die Typen waren wieder verschwunden. Unstrud schaute Rondor mit großen angsterfüllten Augen an, er konnte nur leicht mit den Schultern zucken.

Später kamen die Kraftpakete wieder und sie hatten einen gepflegten vierten Mann in schwarzem Anzug dabei. Der Anführer riss ihnen das Klebeband aus dem Gesicht, las in Russisch von ihren Ausweisen ab und der Neuankömmling übersetzte ins Deutsche:

„Du bist Unstrud Berger?"

„Ja, was habe ich verbrochen?"

„Du bist Donarius Morgenstern?"

„Ja, was wollen Sie von uns?"

„Ich suche nach Bergkristallen, von denen es genau fünf gibt. Vor allem ein Dodekaeder und ein Ikosaeder fehlen mir."

„Wir besitzen keine Kristalle. Sie haben doch unsere Sachen durchsucht.", antwortete eiligst Unstrud.

„Ihr habt damit zu tun. Wir beobachten Euch schon lange, Ihr wart vor kurzem in Peru. Also wo sind die Steine?"

„Wir wissen es nicht.", gab Unstrud zurück.

In der Zwischenzeit hatten die Schläger den hängenden Mann wieder munter bekommen.

„Ich werde Euch zeigen, was passiert, wenn man nicht mit mir reden will." Der eine Foltertyp hatte eine Spezialzange geschnappt und trennte damit das erste Glied des rechten Zeigefingers von dem hängenden Gefangenen. Der schrie schrill auf, zappelte in seinen Ketten, Blut spritzte umher, dann wurde sein Finger gewaltsam abgebunden.

„Wo sind die Steine?"

„Wir können es Ihnen trotzdem nicht sagen.", gab Unstrud zurück.

Ihr Gesprächspartner gab ein Zeichen und der Zeigefinger der anderen Hand wurde geköpft. Wieder schrie der Gefangene in einem alles durchdringenden Schmerzenslaut und sein nächster Finger wurde verbunden.

„Das geht jetzt immer so weiter und dann seid Ihr dran. Vielleicht schneide ich Ihnen zuerst die Fußzehen ab.", übersetzte der Dolmetscher an Unstrud gerichtet.

„Hören Sie auf! Ich sage Ihnen, wo sich die Steine befinden.", Unstrud war ganz bleich geworden und zitterte am ganzen Körper.

„Ich höre."

„Das Dodekaeder befindet sich beim *Orden zur Heiligen Marie* in Königsberg. Wir haben ihn dort abgegeben. Allerdings wissen wir nicht, wo er jetzt versteckt ist."

„Ok. Und der zweite Kristall?"

„Er befindet sich irgendwo in Shanghai. Wir wollten gerade von Warschau aus dorthin fliegen und uns auf die Suche machen. Wahrscheinlich liegt er in einem Museum."

„Danke.", ihr Gesprächspartner zog eine Pistole, drehte sich um und schoss dem Gefangenen eine Salve in die Brust. Dann drehte er sich wieder den Sitzenden zu.

„Glückwunsch! Ihr bleibt noch am Leben, bis wir die Steine haben. Ich hoffe für Euch, dass wir sie finden werden."

Die Schläger gaben ihnen aus einem Becher etwas Wasser und verklebten wieder ihre Münder. Danach blieben die Gefangenen mit dem Toten allein. Nach einigen Minuten hob draußen ein gewaltiger Tumult an, sie hörten in der Ferne Schüsse, die langsam näher kamen. Hitzige Anweisungen flogen durch die Luft, dann knallte etwas gegen den Schuppen, der ihn kurz erbeben ließ, zwei Fenster gingen zu Bruch. Von einer Seite schwoll ein Warnsignal auf und ab, bereitete im Kopf unerträgliche Schmerzen – wahrscheinlich aus einer Langstreckenschallkanone. Nach einigen lauten Explosionen herrschte schlagartig wieder Ruhe. Sie vernahmen von draußen befehlsgewohnte Stimmen, russische Worte. Die Eingangstür wurde aufgesprengt und herein schwebte ein utopisches Miniflugzeug, mehr fliegendes Sammelsurium aus Geschützrohren als Flugzeug - eine Kampfdrohne. Sie wurden gescannt, dann ertönte weiblich und deutschsprachig aus der Maschine:

„Bitte bewahren Sie Ruhe, sie werden gleich von friedlichen Menschen befreit."

Die Drohne behielt ihre Stellung, bis ihre Befreier eintrafen: zwei Männer in unbekannten Uniformen.

„Wen haben wir denn da? Unstrud?", hörten die Gefangenen in gebrochenem Deutsch.

Die Männer lösten ihre Fesseln.

„Hallo Viktor! Dich hätte ich hier nicht erwartet."

„Ihr kennt Euch?", staunte Rondor.

„Ja, Viktor finanziert meine Unternehmungen. Wie Du weißt, habe ich keine Ausbildung und ließ mich deshalb für eine gute Sache anwerben. Es gibt genügend Lebensmittel auf der Erde, Geld wie Heu. Warum sollte man die Ressourcen nicht besser gestalten können. Freiwillig geschieht vieles nicht, da muss man schon nachhelfen. Dafür lebt eine neue internationale Organisation."

„Du überrascht mich immer wieder.", Rondor lächelte Unstrud an.

„Ist Dein Freund vertrauenswürdig?", fragte Viktor.

„Ja, wir sollten ihn für uns gewinnen."

„Wie Du meinst. Kommt bitte mit, wir begeben uns an einen sicheren Ort."

Dicht am Gebäude standen drei Adventsterne und einige Miniflugzeuge schwebten umher.

„Wir haben zehn unserer Drohnen verloren, ein paar konnten ihre Tarnung nicht mehr aufrechterhalten. Unsere Schiffe verdecken sie gerade und natürlich uns."

„Was ist das hier für ein Gelände?"

„Ein Militärlager russischer Mafiosi. Sie unterhielten eine magische Schutzmauer und ein Kraftfeld. Unter unserem Beschuss ist alles zusammengebrochen. Unsere Gegner besaßen sehr schnelle Transportmittel; über unterirdische Gänge konnten die meisten Kriminellen fliehen. Sie haben hinter sich versiegelt, die Hohlräume einstürzen lassen, keine Chance für unsere Drohnen die Verfolgung aufzunehmen. Die Tunnel sind abgeschirmt, wir können sie leider nirgendwo orten und der Rest der Banditen lebt nicht mehr, um eine ordentliche Befragung einzuleiten."

„Wieso habt Ihr überhaupt angegriffen? Ich dachte Ihr haltet Euch strikt zurück? Gefährdet das nicht die Mission?"

„Wegen dem selben Fall, der Euch beschäftigt. Wir wollten einen dieser magischen Bergkristalle für Untersuchungszwecke ankaufen. Wahrscheinlich verbirgt sich dahinter eine unbekannte Energiequelle. Meine besten Männer sind tot, wegen dieser brutalen Diebesbande. Sie haben den Übergabeort überfallen. Leider scheinen sie auch jetzt wieder unser Zielobjekt mitgenommen zu haben.", Viktor zeigte auf einen Adventstern, „Das ist ein Amphibienflügler, steigt bitte ein, wir fliegen auf unseren Stützpunkt."

Nun gingen alle die Rampe hinauf, begaben sich in die karg ausgestattete Kanzel, schnallten sich auf ihren Sitzen fest und schon ging es lautlos in die Höhe. Ein Beschleunigungsausgleich sorgte dafür, dass sie keinen Rückschub spürten, sich eher wie in einem Fahrstuhl fühlten. Einen Augenblick später befanden sie sich außerhalb der Erde, landeten auf einer Plattform, die sie erst kurz vor dem Aufsetzen sehen konnten.

„Eigentlich dürftet Ihr das hier gar nicht kennen lernen. Aber wie mich schon vor einiger Zeit Unstrud informiert hat, schwebt Ihr in ständiger Lebensgefahr. Wir können Euch besser beschützen als jede andere Militärmacht auf dieser Erde. Ich zeige Euch unsere Kampfstadt, die *Weltfrieden*."

Viktor gab ihnen eine ausführliche Führung durch die Militärbasis, zeigte Ihnen ihre Unterkünfte.

„Wozu das alles hier? Wollen Sie die Erde erobern?", wollte Rondor nach dem Rundgang wissen.

„In gewissen Sinne schon. Wir beobachten seit geraumer Zeit die Verelendung der Massen auf unserem Planeten. Durch gezielte Übernahmen wollen wir eine neue Weltordnung bauen. Die Demokratie soll leben, aber für die Bürger und nicht mehr nur für Banken und Konzerne. Wir haben mit diesem Zukunftskonzert begonnen, es laufen erste Vorbereitungen."

„Damit kann ich leben, Sie sollten kleine Firmen existieren lassen. Ich bin Teilhaber einer Handelsfirma."

„Das prinzipielle System bleibt bestehen. Uns geht es nur um Schlüsselindustrien. Sie dienen viel zu wenig der Allgemeinheit. Die extreme Bereicherung von Minderheiten führt immer wieder zu einem revolutionären Ungleichgewicht. Sie versuchen mit aller Staatsgewalt und privaten Sicherheitseinheiten diesen Zustand zu halten. Wir werden das Problem dauerhaft lösen."

„Ja, gut.", meinte Unstrud, „Wir befanden uns auf dem Weg nach Shanghai, auf der Suche nach dem letzten Stein. Ihr könntet ihn haben. Unser Anliegen war es, die Steine nicht zusammen zu bringen. Irgendein Bösewicht hat es darauf angelegt."

„Wir fliegen am besten mit der *Weltfrieden*. Ihr werdet getarnt landen, könnt auf ein Hotelzimmer verzichten und das Beste ist, ich gebe Euch drei getarnte Kampfdrohnen mit, die ich unter Euer Kommando stelle. Ist das ein Angebot?"

„Spitze! Auf nach Shanghai!", meldete sich Rondor begeistert.

„Könnt Ihr auch den Marienorden in Königsberg schützen?", sorgte sich Unstrud.

„Wegen der geflohenen Mafiosi?"

„Ja."

„Ich stelle ein paar Männer und Drohnen ab, vielleicht erwischen wir einige. Sonst noch Wünsche?"

„Im Moment nicht."

„Dann gebe ich meine Befehle raus."

In ihren Unterkünften fanden die beiden Helden beste Verpflegung und sogar verschiedene Weinflaschen. Man hatte ihnen Außenkabinen gegeben und sie freuten sich auf ihren Jungfernflug als Kosmonauten. Tiefer Rausch und Sinnlichkeit konnten sich in ihnen nicht ausbreiten; sie erhielten ein ausführliches Handbuch über die Möglichkeiten der Drohnen und nahmen sich die nächsten Stunden für diese Lektüre. Als sie am nächsten Morgen erwachten, bekamen sie mitgeteilt, dass sie bereits über China schwebten. Die Drohnen wurden auf ihre DNA geeicht und beide Abenteurer gaben ein paar Probebefehle, durften auf einem Schießstand mehrere Hausattrappen zerstören lassen. Die lautlosen Kampfmaschinen sollten ihnen künftig in Dauertarnung folgen und schießende Angreifer außer Gefecht setzen beziehungsweise eliminieren. Würden diese selbst manipuliert werden, war eine Rückkehr zur *Weltfrieden* oder eine Selbstzerstörung vorgesehen worden. Nach dem Verlust der künstlichen Intelligenz Amanda gab es zahlreiche neue Sicherheitsbestimmungen. Unstrud und Rondor wurden gleich mit einbezogen, ihre Mission konnte fortgesetzt werden.

Flugzeugträger

Gesunde Demokratie musste sich wehren können, die Vereinigten Staaten von Amerika zeigten Weltmacht-Präsenz. Im Arabischen Meer sammelten sich gleich einer Festung zahlreiche Kreuzer, Zerstörer, Fregatten und ein Flugzeugträger mit einhundert Flugzeugen an Bord, sogar einige U-Boote schwammen in den Tiefen umher. Die besondere Ansammlung galt ansässigen Problemstaaten, die dem internationalen Terrorismus Unterschlupf boten. Tag und Nacht und im Zwanzig-Minuten-Takt starteten oder landeten Aufklärungsflieger und Kampfmaschinen auf dem Trägerschiff, erfüllten ihre geheimen Sicherheitsmissionen, lauerten in Dauerbereitschaft, konnten sofort losschlagen. Selbst im Fernsehen verherrlichte die Marine Flugzeugträger als die modernsten Waffensysteme der Gegenwart, für Untergrundkämpfer faktisch unerreichbar und ihnen technologisch weit überlegen. Vom Seegebiet aus konnten die Flugzeuge Schlachten veranstalten und ungeschoren wieder verschwinden, da sie ständig von Raketenabwehrsystemen betreut wurden. Das Personal bestand aus den Besten der Besten, generell gehörten Scharfschützen in das militärische Gesamtprogramm. So als wäre der Kalte Krieg nie zu Ende gegangen, stand die ganze Welt unter permanenter Beobachtung durch US-Verbände, separat von allen NATO-Aktivitäten. Muslimischen Regionen galt besondere Aufmerksamkeit, für die Soldaten vor Ort herrschte ein ständiger Kriegszustand.

Der Tag hatte gut begonnen, es schien die Sonne und es wehte nur eine leichte Prise. Aus dem Nichts erhoben sich überraschend stürmische Wirbelwinde, sechs Staubsäulen in Form kleiner Tornados wanderten zu den Standplätzen der Flugzeuge. Wie große Kreissägen arbeiteten sie sich durch das Material, schleuderten die abgetrennten Metallteile von sich. Die entstehenden Geräusche und Gerüche glichen denen eines

Stahlwerkes. Hilflos schaute das Bodenpersonal auf die Katastrophe, versuchte sich auf Rettungsboote und in die Mannschaftsräume zu retten. Vor dem Tower erschienen sieben Frauen, sie kümmerten sich um die Überlebenden. Die eine verfügte über riesige Kräfte und schleuderte die Soldaten wie Spielzeugpuppen gegen tödliche Vorsprünge, die anderen fuhren mit ihren züngelnden Schlangenzungen in den Schlund ihrer Opfer, verbissen sich im Gesicht, entzogen in Sekunden Schnelle Blut, brachten einen schmerzhaften Tod in die zuckenden Körper. Durch die überall herrschende Panik mussten die Todesengel kaum Angriffe abwehren, waren gegen Pistolenkugeln sowieso immun: Kraftfelder ließen die Geschosse abprallen. Aus dem Unsichtbaren fielen zusätzliche Schüsse, getarnte Drohnen lieferten ihren Beitrag zur Exekution von Lebenden. Erst nachdem sich auf dem Schiff nichts mehr regte, kamen die Kampfdamen auf dem Deck wieder zum Vorschein, gingen in Unsichtbarkeit über und die Tornados lösten sich einfach in Luft auf. Zurück blieb ein völlig verwüstetes Trägerschiff.

Radio Neues Moskau unterhielt gerade mit einer Schlagersendung, mitten in einem Titel wurde abrupt beendet.
„Wir unterbrechen unsere Sendung wegen einer Sondermeldung. Soeben hat das US-Verteidigungsministerium den Überfall auf einen Flugzeugträger im Arabischen Meer bekannt gegeben. Die Aggressoren griffen aus der Tarnung heraus an, vernichteten alle Flugzeuge und Kampfeinheiten, beseitigten komplett die Militärangehörigen. Der Zweck der Unternehmung bleibt unklar, da die umliegenden Schiffe nicht angegriffen wurden. Ihnen bot sich allerdings auch keine Möglichkeit eines Gegenschlages. Neue Einheiten werden in die Krisenregion verlegt, nach Spuren des unbekannten Feindes wird gefahndet. Zusammenhänge mit den bisherigen Entführungen von militärischem Kriegsgerät werden nicht ausgeschlossen. Gesucht sind sieben auffällige Frauen, eine im blauen Arbeitsanzug, sechs in freizügiger Lederkluft. Sie werden von gefährlichen Kampfdrohnen begleitet. Die

Erdbevölkerung wird aufgerufen, eigenartige Erscheinungen sofort der nächsten Milizstation zu melden … Der russische Verteidigungsminister hat Unterstützung angeboten. Unser Sender wird Sie liebe Zuhörer auf dem aktuellsten Stand halten."

Der Sprecher verstummte, laute Liebesmusik wurde wieder eingespielt, Radio Neues Moskau setzte seine Sendung fort.

Viktor lehnte sich in seinem Sessel zurück. *Sieben seltsame Frauen und Drohnen?*, dachte er bei sich, *Das sieht mir sehr nach Amanda aus. Scheinbar ist sie völlig verrückt geworden. Aber woher hat sie die anderen Roboter?* Er informierte seine Mitarbeiter, beauftragte die Sicherheitsabteilung zur Überarbeitung von möglichen Angriffszenarien auf die *Weltfrieden* unter Berücksichtigung zusätzlicher KI's.

Shanghai

Ein Amphibienflügler verließ die *Weltfrieden*, landete unbemerkt in einem versteckten Lorbeerwaldgebiet. Das subtropische Monsunklima verhieß angenehme Temperaturen und zwei fröhliche Europäer begaben sich auf einen Fuß-/Fahrradweg nach Shanghai.

„Konntest Du eigentlich gar keinen Zauberspruch anwenden, als wir geknebelt bei der Mafia saßen?", Rondor lief entspannt neben Unstrud her.

„Ich kann jemanden in Starre versetzen und hypnotisieren oder Gegenstände teleportieren. Allerdings muss ich frei sprechen können und brauche genügend Zeit. Mein Schutzamulett muss ich im Bus verloren haben, vielleicht wurde es mir auch abgenommen. Wunschdenken beherrsche ich leider noch nicht."

„Ich dagegen hatte mir eine Befreiung sehnlichst gewünscht."

„Künftig sollte ich Dir das Zaubern überlassen.", sie gelangten an ein Ortsschild mit chinesischen Schriftzeichen, „Shanghai begrüßt seine Gäste.", übersetzte eine Drohne.

Unstrud pendelte auf der *Weltfrieden* zwei magische Anziehungspunkte aus, einen mitten in Shanghai und einen weit außerhalb der Stadt, sie hatten sich zuerst für die Stadtbesichtigung entschieden. Die Metropole zog sie etwas mehr an, obwohl außer einer historischen Pagode fast nur moderne Bauten das Bild zierten.

„Siehst Du den Chinesen dahinten?", fragte Rondor.

Unstrud schaute sich unauffällig um: „Ja. Was ist mit dem?"

„Der beobachtet uns seit einer halben Stunde, jetzt ist er in eine Seitengasse abgebogen. Wohl nur ein Fehlalarm. Dienst Du eigentlich zwei verschiedenen Herren? Der *Goldenen Schlange* und der *Weltfrieden*?"

„Wie Du es sehen willst, ich diene beiden. Die *Goldene Schlange* ist gemeinnützig und pflegt und erhält. Aber sie verbessert nicht unbedingt die Menschheit. Dafür walten ganz andere Kräfte. Geheimnisse bleiben möglichst Geheimnisse und meine kommunistischen Freunde begehen wegen Artefakten keine Morde. Wenn nicht durch Verbrecher das Gemeinwohl gefährdet wird, bleiben sie möglichst im Hintergrund. Im Falle der Weltrevolution klappt das natürlich nicht durch Pazifismus, ich hoffe Du kannst damit leben. Und Jörg Heidenreich zählte zu den Opfern der Beschaffungsmafia, die Täter wurden von unseren Entführern gekillt."

„Kein Problem. Manche sind in mehreren Sportvereinen, ich bin eher angetan von vielseitigen Zeitgenossen. Wenn man etwas erreichen will, braucht man mehrere Gesichter, das gehört einfach dazu. In meinem Handelsbetrieb erfährt der Kunde auch nicht unbedingt, welche Schwierigkeiten und Probleme es vorher mit der Ware gegeben hat."

Mittlerweile hatten sie einen menschenleeren Straßenabschnitt erreicht. Die Häuser schienen verlassen und für Autos war die zerstörte Fahrbahn gesperrt worden. Zwanzig Meter vor ihnen bauten sich vier Chinesen auf, nach ihren Gesichtsausdrücken zu urteilen, hatten sie nichts Gutes im Sinn. Unstrud und Rondor spürten auch hinter sich Blicke in ihrem Nacken. Sie schauten zurück und sahen nochmals vier Chinesen auf sie zu kommen. In ihren Händen blinkten kleine metallene Gegenstände, Klappmesser. Noch ehe die Angreifer loslegen konnten, begannen die Waffen zu glühen und fielen ihnen mit großen Augen aus den Händen. Vorn war das Gleiche geschehen, hielt die Meute aber nicht davon ab, in Kampfstellung über zu gehen. Acht Laserstrahlen schossen über den Köpfen von Unstrud und Rondor aus dem scheinbaren Nichts herab, teilten die Chinesen von oben nach unten in der Mitte durch. Noch bevor die Körper fallen konnten, zuckten die blauen Linien blitzschnell hin und her, erzeugten Dampfwolken bis die gesamte menschliche Materie verschwunden war und nur ein Geruch von verbranntem Menschenfleisch übrig blieb. Auf dem Boden entstanden relativ unverdächtige Brandspuren, keine echten Hinweise auf das eben Vorgefallene.

„Hoffentlich hat das keiner gesehen.", Rondor schaute sich angewidert um, „Ich sehe zumindest keine Zeugen. Ich glaube ein paar gewöhnliche Straßendiebe sind für immer verschwunden. Darum braucht die Partei sich nicht mehr zu kümmern."

„Wir leben gefährlich und unsere Sache ist zu wichtig, als dass wir drauf gehen. Wobei ich solche Morde ganz abscheulich finde.", Unstrud rümpfte die Nase.

„Komm, verschwinden wir.", Rondor legte den Arm um Unstrud und schob sie sanft vorwärts. Er schaute nach oben, konnte aber nichts entdecken.

Die bisher wenigen Menschen auf den Straßen waren dem frühen Morgen und den Außenbezirken geschuldet gewesen, nun mussten sie sich mühsam ihren Weg durch die Volksmassen bahnen. Unstrud verglich die Straßennamen mit ihrer Karte. Vor einem Glaspalast mit großer Aufschrift über der Tür blieb sie stehen.

„Dokumentationszentrum der Stadt Shanghai – Lang lebe China", dröhnte es von oben. Ein öffentliches Gebäude, zahlreiche Chinesen durchquerten den Eingang. Innerhalb befanden sich eine Bibliothek, zahlreiche frei zugängliche Vitrinen mit unterschiedlichsten Dokumenten und Gegenständen sowie unzählige Fotografien der Stadt an den Wänden. Unstrud konzentrierte sich und sie besichtigten alle Ausstellungsgegenstände. Erst in der obersten Etage wurden sie fündig. Auf einem kleinen Podest hinter Glas lag ein mit winzigen Edelsteinen besetzter Ring. Selbst Rondor spürte seine Ausstrahlungskraft und seinen besonderen Glanz.

„Fruchtbarkeitsring des Fürsten Li Ju flüsterte es von oben, zweihundert Jahre alt. Draußen verkaufen Händler Imitationen."

Unstrud und Rondor dachten das Gleiche, vorsorglich hatten sie von ihren Gastgebern ein paar Münzen erhalten, sie begaben sich nach draußen und kauften ein Imitat.

„Liebe Drohnen, bitte stört die Kameras für drei Sekunden, wenn ich mir vor dem echten Ring durch die Haar fahre.", beauftrage

Unstrud ihre technischen Begleiter, „Und Du Rondor lenkst bitte umstehende Chinesen ab."

„Geht klar."

Zu dieser Tageszeit gab es nur wenige Besucher und die magische Tauschaktion lief ungestört über die Bühne. Schnell verließen sie wieder den Ort des Diebstahls, entfernten sich vom Haus, ohne dass jemand Notiz von ihnen genommen hätte. Touristengerecht fuhren sie mit einem Taxi an den Stadtrand, dann wanderten sie wieder durch den chinesischen Wald. Bei ihrer Vorbereitung hatten sie außerhalb der Stadt Höhlen ausfindig gemacht, welche sicherlich als Ausflugsziel dienten. Unstrud trug nun den Ring am Finger, der ihr auf wundersame Weise erstklassig passte. Während einer kurzen Rast, drehte sie ihn und ein gewaltiger Blitz schlug vor ihnen ein. Rondor zuckte zusammen. Sie hörte wieder auf zu drehen, „Mein Gott!", sagte sie zu Rondor, „Das ist ein Wetterring; wenn man ihn dreht, sieht man Wetterereignisse vor sich und man kann sie nach eigenen Vorstellungen Wirklichkeit werden lassen. Man fühlt sich wie ein Wettergott oder eine Wettergöttin, eins mit den Elementen, irre."

„Bitte warne mich nächstes Mal vor, wenn Du einen Blitz vom Himmel holst! Trotzdem nicht schlecht, endlich bist Du eine mächtige Zauberin geworden. Der Ring wird uns bestimmt noch nützlich sein.", meinte Rondor, „Wir müssen weiter.", drängelte er.

An den auftauchenden Erdlöchern empfingen sie Mönche, die als Eintritt eine kleine Spende erbaten. Sie wiesen ihnen den richtigen Weg, gaben ihnen zwei Walkman, die sogar in Deutsch berichteten. Die Höhlen wurden durch hunderte flackernde Kerzen erleuchtet, sie erzeugten einen gespenstischen und zugleich faszinierenden Eindruck. Decken und Wände zierten bis zu jahrtausende alte Malereien, Generationen von Chinesen hatten sich außerdem an Schriftzeichen geübt. Aus den Kopfhörern drangen interessante Informationen zur Frühgeschichte der Höhlen, die schon immer religiösen Praktiken eine Heimstatt boten und noch heute einige Mönche beherbergten. Von unten zogen teils kühle Luftströmungen nach oben, ließen erkennen, dass es sich hier um ein mehrstöckiges Höhlennetzwerk handelte, in dem man sich leicht verlaufen konnte. Nach einer Stunde des Umherwanderns erreichten sie einen zentralen Raum, von dem ringsum gleichmäßig Gänge abgingen. Ein Kerzenmeer erhellte das Refugium einer riesigen Buddha-Statue, die aus dem Höhlengestein entstanden sein musste. Sie war mit Ketten aus Naturstoffen und eingelassenen Edelsteinen reich geschmückt, war teilweise gefärbt worden und starrte den Betrachter mit drei Augen an. Die Statue verkörperte das zentrale Heiligtum des Höhlentempels, daher erstreckte sich vor ihr ein geräumiger Platz, auf dem einige Mönche meditierten. Die Drohnen hatten das riesige Monument bereits gescannt und teilten Unstrud und Rondor leise mit, dass sich im dritten Auge ein wertvoller Diamant befinde, das gesuchte Objekt jedoch im Hinterkopf eingelassen wurde. Unstrud wies die Drohnen an, den Stein vorsichtig herauszutrennen und ihr zu bringen. Sie zog sich mit Rondor in eine Nebenhöhle zurück. Das Gebet der Mönche überstimmte die Schneidgeräusche der Drohnen und nach zwei Minuten konnte Unstrud den Stein berühren.

„Es ist der Richtige.", flüsterte sie Rondor ins Ohr, „Wir können gehen.", sie verstaute den Stein in ihrem Rucksack. Zügig liefen sie zurück ans Tageslicht.

Vor der Höhle liefen ein paar Männer an ihnen vorüber. Nach einigen Minuten drehte sich einer von ihnen um, zeigte auf Unstrud. Unstrud hatte ihn ebenfalls erkannt:

„Das war einer unserer Peiniger aus Russland. Lauf!", rief sie Rondor zu.

Sie begannen zu rennen. Die Männer folgten ihnen schwerfällig, fielen leicht zurück. Nachdem sie aus dem Sichtbereich der Mönche gekommen waren, begannen sie mit schallgedämpften Pistolen zu schießen. Die Drohnen begannen ihr Lasergegenfeuer, doch konnten sie nur drei Männern etwas anhaben, die von der Bildfläche dampften. Sechs von ihnen verwandelten sich in Rauchsäulen und stürzten sich auf die Drohnen. Die Flüchtlinge sahen ungläubig zurück, drei glühende Metallklumpen stürzten auf den Boden und die Säulen richteten sich auf sie aus.

„Unstrud, der Ring.", rief Rondor.

Unstrud drehte am Finger und sechs Blitze jagten auf die Rauchsäulen herab, verstreuten sie großflächig im Waldgebiet.

„Da vorn, ein Taxi.", meldete Rondor geistesgegenwärtig.

Noch ehe die Rauchsäulen, die sich bereits neu bildeten, Formen annehmen konnten, rasten sie im Auto davon. Ständig schauten sie nach hinten, ihr Fluchtfahrzeug hatten die Angreifer offensichtlich nicht mehr ausmachen können. Sie ließen sich in die Nähe des Amphibienflüglers bringen, eilten durch den Lorbeerwald, flogen schleunigst zurück zur *Weltfrieden.*

Kurze Zeit später, unter ihnen, auf ihrem verlassenen Landeplatz sammelten sich sechs Rauchsäulen.

Rückkehr

Die Alarmlautsprecher heulten los, zwischendurch meldete die frauliche Bordstimme: „Alarm, Angreifer aus allen Richtungen."
Rings um die *Weltfrieden* erschienen Trugbilder: riesige dämonenhafte Fratzen, täuschend echt aussehende Raketen, NATO-Geschwader und sogar Duplikate der *Weltfrieden*. Wenige echte Angriffsgeschosse gerieten ins Abwehrfeuer und explodierten wie gleißende Sterne. Die Fata Morganas wechselten permanent ihre Positionen, waren als solche binnen Sekunden erkannt worden, bewirkten nur wenige Fehlreaktionen. Etwas knallte von unten gegen die fliegende Plattform, hinterließ eine leichte Erschütterung, ein minimales Zittern und Beben des Raumschiffs.
„Alarm, Eindringlinge von unten.", gab die ruhige Überstimme bekannt, „Alle verfügbaren Kampfdrohnen wurden aktiviert."
Währenddessen war das Außenfeuer erloschen, alle Phantome konnten extrahiert werden und schauten als stumme Provokanten auf das schwebende Wunderwerk. Der echte Feind befand sich nun im Inneren. Trotz aller Übungen und Routine machte sich auf den Mannschaftsdecks eine allgemeine Panik breit. Wer irgendwie konnte legte sich einen Schutzanzug an, die aktiven Einsatzkräfte griffen zu den bereitliegenden Waffen. Rondor begab sich im Raumanzug zu Unstruds Quartier und sie warteten auf weitere Durchsagen. Die Eindringlinge verursachten durch verteilte Detonationen maximale Verwirrung, Rauchbomben nahmen jede Sicht, die vollständige Zerstörung der *Weltfrieden* stand plötzlich auf dem Spiel. Innere Kämpfe waren eigentlich nicht vorgesehen, sonst hätte die Führungsmannschaft alle Gänge mit besonderen Sensoren und versenkten Geschützen ausstatten lassen. So jedoch mussten allein die leicht austricksbaren Kameras als Augen der Künstlichen Intelligenzen dienen. Die nicht identifizierten Aggressoren arbeiteten auf Höchstgeschwindigkeit mit denselben

Methoden wie die *Weltfrieden*, sie versteckten sich zusätzlich hinter ständig variierenden Tarnfeldern. Den ansässigen Künstlichen Gehirnen blieben keine speziellen Angriffsmuster erkennbar, sie verstärkten die Schutzmaßnahmen für die Reaktoren, Fluggeräte und Waffensysteme, schickten Drohnen und Suchtrupps durch alle Röhren der Station. Keine Minute war vergangen, als die Detonationen aufhörten und offensichtlich auch keine weiteren kriegerischen Aktivitäten mehr an Bord stattfanden. Das wahre Ziel der Eindringlinge entdeckten die Suchtrupps erst, als diese bereits flüchtig waren und die Kampfstation längst verlassen hatten. Im Labor fehlte das von Rondor und Unstrud beschaffte Ikosaeder, sonst war alles an seinem Platz geblieben, Spionage schlossen die Analysten bald aus. In der Zwischenzeit konnten alle Drohnen ausgeschaltet werden, welche außerhalb die Phantombilder erzeugt hatten, es blieb nur eine schwache Teilchensignatur Richtung Erde, welche sofort durch ein unsichtbares Drohnengeschwader verfolgt wurde. Bewertungen der Kamerabilder ergaben, dass es sich bei dem Angriff um die Künstliche Intelligenz Amanda mit ihren Drohnen gehandelt haben musste. Sie agierte gegen ihre ursprüngliche Programmierung, nutzte bisher nicht entdeckte Schwachstellen des Verteidigungssystems. Ihre feindliche Rückkehr hatte eigentlich niemand erwartet. Der Forschungsdrang Amandas war ursprünglich unvereinbar mit gewaltsamem Diebstahl, ein gefährlicher Gegner hatte die Maschine neu ausrichten können. Von wandelnden Rauchsäulen oder weiteren Kampffrauen - wie auf dem vor kurzem angegriffenen Zerstörer - fehlte jede Spur.

„Irgendwie verlieren wir jedes Mal unsere Beute.", Rondor saß noch immer bei Unstrud und Viktor hatte sie über die Lautsprecher informiert.
Unstrud stellte ihr Wasserglas ab: „Amanda muss mit diesen rauchenden Gestaltwandlern zusammenarbeiten. Die haben uns wahrscheinlich hierher verfolgt. Mit ihren Kräften hätten sie uns

alle locker vernichten können, das sind Wesen aus der Hölle. Mich wundert nur, dass sie eben nicht dabei waren."

„Bestimmt haben sie bei dem gigantischen Ablenkungsmanöver mitgewirkt. Über eventuelle magische Abwehrkräfte in der *Weltfrieden* wussten sie nichts Bestimmtes und haben dadurch einfach nur die sichere Variante gewählt, nehme ich zumindest an. Die Plattform wirkt schon sehr beeindruckend. Warten wir erst einmal die laufende Verfolgung ab, vielleicht bekommen wir heute noch neue Erkenntnisse. Ich gehe jetzt zumindest wieder in mein Quartier zurück und mach mir ein paar Gedanken. Bis später.", Rondor schlenderte davon, die elektronische Tür glitt selbsttätig zur Seite und zurück. Unstrud lehnte sich tief in ihren Sessel, schloss ganz langsam ihre Augen.

Chinesische Luftabwehr

Nur wenige Minuten blieb die Lage ruhig, dann meldete sich erneut die Bordstimme: „Chinesische Luftabwehr im Anflug. Bewahren Sie Ruhe. Alle Geschütze aktiv." Dabei sandte die *Weltfrieden* auf allen Kanälen:

Wir sind Freunde ... Wir sind Kommunisten... Wir haben uns verflogen... Wir sind Freunde...Wir sind Kommunisten...

Von allen Seiten flogen skurrile Flugkörper auf die *Weltfrieden* zu. Sie glichen keinen herkömmlichen Flugzeugen oder Raumschiffen, eher stellten sie ein Sammelsurium aus regelmäßigen geometrischen Körpern, Säulen und räumlichen Wellenformen oder Kombinationen davon dar. Ihre gewaltige Anzahl und ihr perfektes Zusammenspiel wirkten auf die Beobachter äußerst beeindruckend. Dieses Mal manifestierten sich leider keine Attrappen, die ihre Geschützklappen öffneten und nur Gefährlichkeit vorgaben.

Fremdes Flugobjekt, identifizieren Sie sich! Welcher Nation gehören Sie an?, funkten die Chinesen in verschiedenen Sprachen. *Wir sind Kommunisten... Wir sind Freunde... Wir haben uns verflogen... Wir sind eine internationale Vereinigung...*, antwortete die *Weltfrieden*.
Fremdes Flugobjekt. Was sind Ihre Ziele?
Weltfrieden. Weltfrieden.
Landen Sie!
Wir werden nicht landen. Wir wollen nur Weltfrieden. Den Weltfrieden. Wir heißen Weltfrieden.
Landen Sie!
Wir werden nicht landen. Wir heißen Weltfrieden.
Letzte Warnung! Landen Sie!

Wir bringen den Weltfrieden.

Darauf wollten sich die Chinesen wohl nicht einlassen. Gleichzeitig lösten sich unzählige Geschosse von den Flugkörpern der Luftabwehr, flogen von allen Seiten auf die *Weltfrieden* zu. Während die meisten Flugdrohnen Amanda verfolgten, begann für die fliegende Stadt -fast nur auf sich gestellt- ein neuer Zweikampf. Mehrere Kraftfeldschichten bauten sich auf, die stationären Waffen richteten sich nach vorläufig berechneten Geschossbahnen der Gegner aus und warteten auf die Auslösung durch die künstlichen Gehirne oder die menschlichen Kommandeure. Nach Sekundenbruchteilen begannen die Megawehr ihr Konzert, sandten den feindlichen Raketen einen dichten Metallvorhang entgegen, der sich wie eine riesige Kugel von der *Weltfrieden* entfernte. Die Wucht der unzähligen kleinen Metallkörper entfaltete sich verheerend. Mit glutroten Hitzewellen zerstäubten die Raketen in Millionen von Teilchen, bildeten eine Feuerwand zwischen Kampfstadt und Chinesen. Die Druckwelle bewegte sich auf die vielen kleinen Schiffe zu, welche überraschender Weise ebenfalls starke Kraftfelder besaßen und ungerührt im Raum verharrten.

Wir sind Freunde, funkte die *Weltfrieden*.

Die Chinesen sandten die nächste Salve, das Schauspiel wiederholte sich, auf keiner Kampfstation entstanden Schäden. Nun feuerten die Einheimischen mit energiereichen Lasern auf die *Weltfrieden*, welche ihre Schutzfeldschichten passend konfigurierte und die Energien einfach absorbierte. Im Gegenzug sandte sie auf einen Raumkorridor beschränkte starke elektromagnetische Impulse, gefolgt von einem Kugelhagel der Megawehr. Es dauerte nicht lange und die Kraftfelder der chinesischen Angreifer kollabierten. Auf die gleiche Weise säuberte die Plattform nun Stück für Stück den gesamten Raum um sich herum von ihren Plagegeistern. Kleinere Explosionen ereigneten sich und die vielen kleinen Raumschiffe brachen auseinander, verteilten ihre Materie. Als kein fremder Angreifer mehr vollständig im Weltraum trieb, fuhr die kommunistische Plattform ihre Systeme hoch, veränderte ihre Tarneigenschaften und flog mit hoher Geschwindigkeit auf einen neuen Standort über neutralem Territorium.

Verfolgungsjagd

Mit hoher Geschwindigkeit jagte Amandas Amphibienflügler über dem Erdboden dahin. Ein kleiner Drohnenschwarm und sechs unsichtbare Teilchenströme begleiteten sie. Die Tarneinrichtungen und Kraftfelder sorgten für minimale Luftverwirbelungen und verdeckten ihre Signale fast vollständig. Natürlich hatten sie Verfolger erwartet und erzeugten deshalb für das hinterher fliegende Drohnengeschwader ständige Trugbilder, wechselten häufig abrupt ihre Richtung, trennten sich, formierten sich neu, folgten ihrem Fluchtplan. So schnell sollten sich die Kampfmaschinen nicht voneinander lösen können. In kürzester Zeit umrundeten Flüchtige und Verfolger mehrmals die Erde, versuchten sich zu beschießen. Amanda verschwand in Höhlen und Vulkanen, tauchte in Flüsse und Ozeane, stieg sogar mehrmals ins All hinauf. Nachdem sich ihre ehemaligen Waffenbrüder einfach nicht abschütteln ließen, ging sie näher an Bebauungen heran, die eher Schutz bieten konnten, suchte dann bewusst abgeschirmte geheime oder illegale Einrichtungen, U-Bahnschächte. Danach ging es wieder über menschenleere Gegenden dahin. In der Taiga verschwanden alle Flugeinheiten auf einmal in einem großen Erdloch. Überraschender Weise überflogen sie ein Fußballstadion großes Amphitheater, Tausende bestaunten dort unten ein Gemetzel aus Menschen, Tieren und Kampfmaschinen, tobten lautstark bei erfolgreichen Kampfschlägen. Die Flieger gelangten unbemerkt durch eine Seitenöffnung, durchstießen viele Operationsräume, in welchen gerade verschiedene Tiere und Menschen operiert wurden.
„Ich greife immer gleich zum Messer.", ließ eben ein Weißkittel verlauten und hantierte an einem offenen Knie. Im Nachbehandlungsgelass erwachte gerade ein Patient aus dem künstlichen Koma. Er schüttelte sich durch Muskelkrämpfe auf

seiner Bahre und bettelte: „Können Sie mich bitte noch einmal betäuben? Ich halte das nicht aus. Mein Bein. Mein rechtes Bein." „Das sind die Nachwirkungen der Narkose. Bald ist sind die Schmerzen vorüber.", erwiderte die Schwester.

Dann zerteilte eine vorbei fliegende Rauchsäule die Bahre senkrecht in der Mitte und hinterließ einen schmalen Gang in der Wand dahinter, Drohnen folgten und feuerten in die Öffnung. Die Schwester versteckte sich erschrocken hinterm Schreibtisch.

Ein Raum enthielt lauter Röntgenaufnahmen, daneben wummerte ein Kernspintomograph wie eine Bohrmaschine. Die Drohnen ließen sich durch nichts aufhalten. Sie wirbelten Krücken umher, verspritzten Blutkonserven, zerstörten Medizin-Androiden, alles was ihnen in die Quere kam. Abrupt endeten die Räume an einem hohen Felsengewölbe, das als Lager diente und keinen Fluchtweg mehr zuließ. Amanda übergab im Sekundenbruchteil einer Rauchsäule den gestohlenen Bergkristall. Alle Rauchsäulen verwandelten sich nun in einen Schwarm Ratten und trugen ihre Beute durch winzige Kanäle davon. Die Überzahl der Verfolgungsdrohnen lieferte sich mit Amanda nur ein kurzes Gefecht. Ihre eigenen Drohnen wurden mit Laserstrahlen zerschnitten und fielen in alle Richtungen auseinander. Die KI selbst wurde mit EMP-Dauerbeschuss außer Kraft gesetzt und in Gewahrsam genommen. Am Eingang des Lagers erschienen Bewaffnete in Schutzanzügen und mehrere Kampfmaschinen, die sofort auf die sichtbar gewordene Amanda feuerten. Die Drohnen reagierten blitzschnell, mussten aber den starken Rüstungen Tribut zollen. Eine Drohne explodierte, dann zerstörten die anderen mit geballter Laserkraft einen Angreifer nach dem anderen. Aus den umherstehenden Kisten erhoben sich weitere transformierbare menschenähnliche Kampfmaschinen, die ihre Salven auf die Drohnen abgaben - vor allem herkömmliche Metallkugeln. Nun schossen sich die *Weltfrieden*drohnen den Weg frei, flogen mit geringen Verlusten davon. Durch die Operationsräume und das Theater verließen sie den Schauplatz – mit Amanda, aber ohne Bergkristall. Noch einige Zeit schwebten sie darauf über der Taiga scannten das umliegende Gelände, rasten dann schlagartig zurück zur *Weltfrieden.*

Die flüchtenden Dschinn verwandelten sich noch häufig, liefen, schwammen, flogen und brachten ihre Beute an einen sicheren Ort. Dort wartete schon ihr Gebieter, der Große Volker von Trakeenen.

Pasal

In den Kellergewölben der alten Ordensfestung zogen zwanzig Mönche mit flackernden Fackeln ihre Kreise. Sie trugen weiße Kutten mit schwarzem Kreuz auf dem Rücken und sangen altertümliche Choräle. Ihr Anführer hielt in den Händen ein Heiligtum vorneweg, welches in eine goldene Schatulle gebettet worden war. Nach mehreren Gesängen erreichten sie ihren Zielort, eine große Krypta, wo sie sich zu einem Sechseck formierten. Genau in der Mitte postierte sich der Prior des Ordens, ein hoch gewachsener Mann – Pasal. Er sang in höchsten Tönen und hob dabei das Kästchen über seinen Kopf. Ein leichtes Beben ging durch die Säulenhalle. Bis auf die Standorte von Pasal und den Mönchen versank der Boden hexagrammförmig in die Tiefe. Sie standen nun alle auf sechseckigen Säulen, wobei die mittlere langsam dem Boden nach sank. Unten füllte glimmendes Gestein den Raum mit diffusem Dämmerlicht. Pasal betrat eine kleine Höhle, die einen altmodischen dunkelbraunen Schrank mit vielen Fächern enthielt. Er verscharrte aber die Schatulle unter einem Geröllhaufen, murmelte eine paar Worte und der Haufen war verschwunden. Er begab sich zurück zu seiner Säule, hob einen hohen gregorianischen Gesang an. Die Säule trug ihn langsam nach oben, der Boden schloss sich allmählich.

Auf den Mönchsring wurden helle Blitze abgefeuert, die wie an einem kugelförmigen Kraftfeld abprallten und in die Mauern der Krypta fuhren. Dort hinterließen sie schwarze Spuren und einen üblen Schwefelgestank. Pasal blieb in der Mitte stehen und rief seinen Brüdern zu, ihre Positionen nicht zu verändern. Er begann mit einem neuen Gesangsritual und Gegenblitze wurden zu den Verursachern zurück geschleudert. Nun gingen die zuckenden Lichterscheinungen hin und her, neutralisierten sich zwischendurch, ließen aber keinen Sieger oder einen der Angreifer erkennen. Auf einmal bewegten sich mit übermenschlicher

Geschwindigkeit sechs Wesen mit Reißzähnen und Schlangenzungen auf die Mönche zu, prallten jedoch wie die Blitze von den Mönchen ab. Sie warfen sich abermals dagegen, fauchten wütend und verzogen sich wieder in die Dunkelheit. Riesige Peitschen peitschten auf den Schutzschild ein, vermochten aber nur etwas Putz von den Wänden zu schlagen. Auch sie zogen sich zurück, es blieb Minuten lang still. Die Mönche zitterten, verharrten weiter an ihren Positionen, horchten in die Dunkelheit hinein. Über ihnen detonierten Handgranaten, die Decke stürzte herab, begrub die Menschen unter sich. Die sechs schnellen Vampirdämonen tauchten auf, erledigten den Rest, verbissen sich Blut saugend in ihren Opfern. Pasal war unversehrt geblieben, stand kreidebleich an seinem Platz und starrte nach oben. Dort flog ein rochenförmiges Fluggerät und hatte ihn mit seinem Lasergeschütz erfasst. Außer Dampf blieb nichts von ihm übrig. Dann wurde ein Schacht in die Tiefe getrieben. Trakeenen kletterte mit hoher Geschwindigkeit ein Seil hinab, durchsuchte vergeblich den alten Schrank mit den vielen Fächern. Er schärfte sein magisches Empfinden und fühlte einen aurahaften Geröllhaufen neben sich, griff nach ihm, jedoch durch ihn hindurch. Seine Dschinnspione hatten ihm den gregorianischen Gesang der Mönche übermittelt, nun wiederholte er Pasals Melodien und siehe da, das Geröll wurde sichtbar. Er schob mit den Füßen die Steine beiseite nahm die Schatulle, schaute hinein und verstaute den Bergkristall in seinem Mantel. Die Schatulle ließ er auf den Geröllhaufen fallen und kletterte mit affenartiger Geschwindigkeit in sein Fluggerät zurück. Sechs weibliche Gestalten und sechs Rauchsäulen folgten, das Seil wurde nach oben gezogen und das rochenförmige Objekt flog lautlos davon.

Energie

Unstrud, Rondor und drei Russen landeten mit ihrem Amphibienflügler im morgendlichen Dämmerlicht unweit der Stadt Memel/Klaipeda. Nach Umwandlung des Flugzeugs in einen geräumigen Geländewagen fuhren sie Richtung Innenstadt. Um diese Uhrzeit war wenig los auf den Straßen und sie kamen recht gut voran. Nach einer dreiviertel Stunde erreichten sie ihr Ziel, die Wohnung von Rondors litauischen Geschäftspartnern. Sie klingelten mehrmals, niemand öffnete. Eigentlich hätten sie noch zu Hause sein müssen, zumal Rondor ihr Kommen angekündigt hatte. Etwas stimmte hier nicht. Einer der Russen erbot sich mit Spezialschlüsseln die Eingangstür zu öffnen, nach einigen Versuchen schlug er die Tür auf. Ihnen bot sich eine völlig verwüstete Wohnung, die beiden Litauer waren nicht da, aber Blutlachen bedeckten den Flurboden. Sie gingen in die Küche, natürlich war der einfache Safe des litauischen Paares - ihr Schuhkarton - samt Inhalt verschwunden. Rondor zuckte die Achseln: „Schon wieder zu spät. Ich frag mich, welch übler Gegenspieler uns so mitspielt. Woher wusste jemand von dem Stein hier?"

„Gehen wir. Wir sollten Pasal und dem Königsberger Dom einen Besuch abstatten. Hier bekommen wir nur Schwierigkeiten."

„Du hast Recht. Nichts wie weg hier."

Während sie zurück liefen meinte Rondor: „Diese menschen-verachtenden Schweine, wer tut denn solch liebenswerten Menschen etwas an? Kannst Du das verstehen? Du hast die netten Leute doch kennen gelernt."

„Ja, wir haben es mit völlig skrupellosen Bestien zu tun. Hoffentlich können wir diese schwarzen Zauberer aufhalten. So etwas wie in Shanghai ist mir noch nie begegnet. Wir haben es mit gewaltigen Mächten zu tun."

Der Geländewagen verwandelte sich wieder in einen Weihnachtsstern und flog sanft gen Himmel. Nicht lange und er landete bei Königsberg, formte sich geschmeidig in einen Geländewagen zurück, der aus einem Waldstück auf eine Straße nach Königsberg glitt. Unweit vom Dom sprangen seine Insassen heraus, begaben sich zu dem hohen Kirchengebäude. Unterwegs versuchte Unstrud vergeblich Pasal zu erreichen. Ein junger Mönch meldete sich am Telefon, hatte sie darauf gebeten gleich zum Gotteshaus zu kommen. Nun hatten die Kuttenträger einen Ring um die Kathedrale gebildet und ließen niemanden hinein. Unstrud, Rondor und die drei Russen wurden vom jungen Mönch erwartet und durften passieren. Im Inneren leuchteten mehrere grünliche Kraftfelder, welche scheinbar von zahlreichen Mönchen, teilweise aus anderer nicht zu erkennender Ursache herrührten. Überall flüsterten Ordensbrüder in sich gesunken Gebete oder Beschwörungsformeln, beachteten die Neuankömmlinge kaum. Vereinzelt versuchten schwarze Wolken die Barrieren zu durchbrechen, kamen aber nicht durch. Der Mönch wies sie an, sich an den Händen zu fassen. Ohne Probleme durchschritt die kleine Menschenkette alle Barrieren. Schwarze Schatten flogen auf sie zu, wurden durch unsichtbare Kräfte aufgehalten. Der Eingang zum Untergrund lag offen. Vorsichtig liefen sie gemeinsam die Treppe hinab und sie erreichten den Boden. Vor ihnen bot sich ein völlig verwandeltes Bild. Die Gräber waren verschwunden, stattdessen standen sie auf einem Gang, der zu einer riesigen Glaskugel führte. Sie liefen zu ihr hin, konnten aber nicht den sichtbaren Weg dahinter betreten. Die Kugel fühlte sich an wie Eis, schien völlig makellos zu sein. Sie schauten hinab. Wie durch sich lichtenden Nebel konnten sie immer mehr erkennen. Anfangs drehte sich der Inhalt der Kugel ziemlich schnell, wurde kontinuierlich langsamer, blieb schließlich ganz stehen. Rondor wollte seinen Augen nicht trauen: Unten stand sein berliner Geschäftspartner. Er trug einen schwarzen Smoking mit weißen Handschuhen und sein Gesicht flimmerte irgendwie unscharf. Die Bergkristalle lagen in verschiedenen Vertiefungen, eben begann sich wieder alles zu drehen. Wie sich zeigte, probierte der Mann verschiedene Kombinationen aus, die jeweils zu dieser Rotation führten.

Rondor fasste sich an die Stirn: „Ich habe ihm zwar keine Details gegeben, ihm allerdings am Anfang berichtet, was wir tun. Mein Kompagnon da unten hat mit mir unsere Handelsfirma gegründet. Jetzt wird mir einiges klar."

„Wir müssen ihn irgendwie aufhalten.", Unstrud kramte in ihrem Rucksack, warf verschiedene Fläschchen gegen die Glaskugel. Deren Inhalte verdampften zischend, ohne einen Schaden anzurichten. Der Flimmermann im Smoking bemerkte sie und winkte ihnen lächelnd zu. Unbeeindruckt setzte er seine Versuche fort. Die Russen versuchten Drohnen herbeizurufen, sie blieben schon an den magischen Barrieren in der Kirche hängen, stießen wie gegen undurchdringliche Wände. Eine von ihnen explodierte sogar. Die Russen zogen ihre Pistolen und schossen auf die Glaskugel, verursachten dabei nur gefährliche Querschläger und stellten darauf das Feuer wieder ein.

„Wenn wir nicht durchdringen, dürfen wir den Bösewicht wenigstens nicht entwischen lassen. Ich hole Verstärkung.", der junge Mönch eilte davon.

Unstrud holte zahlreiche Amulette hervor und meinte zu Rondor: „Die hängen wir uns jetzt alle um. Sie helfen gegen zahlreiche Zauber, halten teilweise schwarze Magie fern."

Sie verteilte lauter Ketten an Rondor und die drei Russen. Zehn Mönche gesellten sich zu ihnen, begannen mit leuchtenden Monstranzen in ihren Händen ein weißes Kraftfeld um die Glaskugel zu errichten. Rondors Geschäftspartner in der Kugel machte sich Notizen. Sicher war es nur noch eine Frage der Zeit, bis er die richtige Kombination gefunden hatte. Aus dem weißen Kraftfeld bildeten sich tausende kleine Bohrspitzen heraus, die sich langsam in die Glaskugel bohrten. Nach einer ausladenden Geste des Magiers blieben sie allerdings stecken, wanden sich wie Würmer ohne weiter vorwärts zu kommen. Unstrud flüsterte einige Worte und aus ihren Händen floss ein heller Energiestrom, der das

Kraftfeld verstärkte, trotzdem kamen die Bohrer nur ein kleines Stück vorwärts. Unbeeindruckt beschleunigte und verlangsamte sich die Drehung in der Kugel immer wieder, bis sich auf einmal ein anderes Bild zeigte. Mehrere Regenbogen rotierten und die Kugel begann sich ganz langsam aufzulösen.

„Er hat es wohl geschafft.", rief Unstrud den anderen zu, „Seid vorsichtig!"

Kaum waren die Worte verklungen, ging eine Druckwelle durch den Raum und warf alle Anwesenden auf den Boden. Die Monstranzen und Amulette glühten glutrot, führten zu Verbrennungen. Die Mönche ließen die Monstranzen fallen, die anderen rissen sich die Amulette vom Hals und starrten erschrocken auf das Bild vor ihnen. Unstrud drehte an ihrem Wetterring, das hätte sie besser nicht tun sollen. Hagel und Blitze drangen in die Regenbogen und fuhren mit derselben Wucht zur Verursacherin zurück. Ein Blitz erwischte sie, Hagelkörner trommelten, ein Ring rollte auf Rondor zu, von Unstrud war nichts übrig geblieben.

„Nein, nein, nein!!!", schrie Rondor.

Die Regenbogen wichen zurück, das Gewölbe und das Kirchendach wurden durchscheinend. Von sechs Rauchsäulen getragen flog Rondors Geschäftspartner in weiß-rotes Licht gehüllt nach oben, hinein in einen fliegenden Rochen. Die Russen schossen noch ein paar Salven hinterher, konnten damit nichts mehr ausrichten. Der Rochen flog davon und die Kirchenmauern materialisierten sich wieder. Zurück blieb die magische Kammer, die Bergkristalle waren verschwunden.

Zusammenkunft

Die *Weltfrieden* befand sich weit oben, weit über dem NATO-Hauptquartier und sandte ihre Informationen via Internet als Email mit Anhang. Ihre Führung hatte sich entschieden, den Kampf gegen den unbekannten Gegner, der selbst Amanda umprogrammieren konnte, nicht allein zu führen. Er war einfach viel zu mächtig und würde die Aufmerksamkeit der Weltgemeinschaft zu stark auf die Besatzung der geheimen Plattform lenken. Am Ende würden vielleicht alle positiven Kräfte verlieren. Der NATO gegenüber wurde Neutralität bekundet, die fliegende Plattform als internationales Privatunternehmen deklariert, was sie offiziell sogar war. Die Weltherrschaft konnte noch etwas warten, wichtiger war es, als der stärkste Spieler der Geschehnisse übrig zu bleiben. Alle bisherigen Aufzeichnungen zu NATO-Konflikten gingen an die zuständigen Stellen, Vertreter des Nordatlantik-Paktes besuchten die Plattform, staunten und diskutierten ein gemeinsames Vorgehen. Die neue unbekannte Energie ihres Widersachers machte das Unterfangen schwieriger. Ein Angriff musste trotzdem die beste Verteidigung gegen die drohende Gefahr sein. Getarnte Drohnen verfolgten das rochen-förmige Flugobjekt nach seinem Abflug vom Königsberger Dom, lieferten ständig aktuelle Bilder, verzeichneten dessen Zielort unter der Erde. Die Offiziere der vereinten Streitkräfte studierten interessiert Möglichkeiten ihres neuen Verbündeten, klärten Konflikte der Vergangenheit. Einen Feind zu bezwingen, der über an Zauberkräfte reichende Technologie besaß, musste gut vorbereitet werden. Nur ein Überraschungsschlag, der möglichst wenig von den Angreifern erkennen ließ, besaß Aussicht auf Erfolg. Die Waffensysteme wurden abgestimmt und auch übersinnliche Kräfte aus Religion und Esoterik einbezogen. Pasals Orden und die *Goldene Krone* durften alle ihre Rituale und geheimen Gegenstände zur Anwendung bringen, wenn es darum ging, dem mörderischen Feind für immer Einhalt zu gebieten. Nach allen Analysen stammte dieser nicht von außerhalb oder er war vor sehr langer Zeit auf die Erde gekommen und nun zu schaurigem Leben erwacht. Unklar blieb, wozu er bei seinem technologischen Vorsprung die neu errungene Energie benötigte, laut dem Orden konnte er nun vielleicht neue Sternensysteme erschaffen. Was benötigte er wohl sonst von der Menschheit? Außer Unterhaltung hatten die Erdenbewohner nicht viel aufzubieten. Ein so mächtiger Herrscher brauchte keine Untertanen, die ihm massenhaft zujubelten. Vielleicht waren für ihn die Menschen nur Störfaktoren zur Erlangung seiner neuen Kräfte, die vielen Toten, welche allerdings auf sein Konto gingen, durften nicht ungesühnt bleiben. Planungen für Gefechtspositionen begannen, Raketenabwehrsysteme wurden unauffällig auf die unterirdische Burg gerichtet. Zivilflugzeuge brachten Kampfverbände in die Umgebung. Gleichzeitig konzentrierten sich die Weltraumschutzprogramme gegen Angriffe und Meteoritenfall auf die Räume über dem Gegner oder konnten auf Knopfdruck umgeschaltet werden. Die *Weltfrieden* bekam die Order kurz vorher in die Nähe von Königsberg zu fliegen und dort alle Waffensysteme hoch zu fahren. Satelliten und Drohnen verbesserten ihre Auflösung, scannten separat alle Einzelheiten am Boden. Ausfälle durften nicht zu Informationsverlusten führen. Ein US-Flugzeugträger wurde in einiger Entfernung zum Zielort in die Ostsee verlegt, alle Militärstützpunkte rüsteten möglichst unauffällig auf. Rondor wollte mit der *Weltfrieden* fliegen und spielte mit dem Ring, den Unstrud ihm hinterlassen hatte. Er fühlte sich von Anfang an in einem Spiel missbraucht, dass nur den Zielen seines Geschäftspartners Fuchs diente. Für ihn konnte es kein Mitleid mehr geben. Um nicht wie Unstrud zu enden, probierte er seinen Ring aus. Sein Wille wurde durch ihn verstärkt und aus der nächstliegenden Materie des Vorstellungsortes entstanden Wetterphänomene. Nicht gegen Fuchs, aber gegen dessen Waffen dürfte der Ring immer noch ein starkes Mittel sein und Rondor beschloss, in die Kämpfe einzugreifen, indem er sich die Kampfbilder auf mehrere Monitore seines Zimmers liefern ließ. Er musste damit vorsichtig agieren, um nicht die eigenen Kräfte zu schädigen. Jedoch einmal gesehene Orte des Feindes konnte er sich immer wieder vorstellen und Störmanöver einleiten. Er legte sich einige Szenarien zurecht, wartete wie zahlreiche Kampfverbände auf den Einsatzbefehl, der nur wenige Stunden nach dem Königsberger Zwischenfall folgte.

Die letzte Schlacht

Früh am Morgen, kurz vor vier Uhr schlichen aufgerüstete Einsatzkräfte zu den Mannschaftsräumen ihrer Rekruten, rüttelten sie wach. Sowohl auf den NATO-Stützpunkten als auch auf der *Weltfrieden* wurden laute auffällige Wecksignale untersagt und alle Fenster blieben verdunkelt. *Sanfter Erstschlag* nannte sich die Operation, welche sich die Militärs und die Kommunisten nach intensiven Planungen ausgedacht hatten. Zivil getarnte Gefechtspositionen waren aufgebaut worden, dazu Unmengen an Attrappen, die explodieren konnten. Zahlreiche unsichtbare Kraftfelder zu Luft und Boden boten unerwartete Barrieren und eine Eindämmung von Explosionen. Weltweit schützten Kraftfelder und Energiewaffen NATO-Stützpunkte, heimlich wurden kurz vorher die menschlichen Truppen nach außerhalb verlegt. Mit Sprengstoff bestückte Personenkraftwagen und Militärgebäude sowie falsche Funkfeuer sollten ihr Übriges tun. Simulierte Waldbrände brachen aus, Soundmaschinen begannen ihr Werk. Falschmeldungen in den Nachrichten über NATO-Verluste, Wetter und ungewöhnliche Vulkanausbrüche begannen, verrückte Meldungen erreichten die Empfänger des Feindes.

„Weihnachten wird abgeschafft.", ließ ein Reporter verlauten.

Alles ruhig im Fuchsbau sendeten die getarnten Aufklärungsdrohnen. Roboter und Androiden mit Metallkostümen zur EMP-Abwehr setzten sich in Bewegung. Drohnen projizierten ein Heer von Panzern und Raketenattrappen. Drei ferngesteuerte Segelflugzeuge, voll gepackt mit Sprengsätzen, landeten auf dem feindlichen Gelände.

Wie aus dem Nichts tauchte ein Schwarm Fledermäuse auf, trug die Segler hoch in die Lüfte und Laserstrahlen aus dem Untergrund ließen die Flieger explodieren. Ein Funkenregen rieselte auf die Erde herab, verursachte kleinere Brände, die kurz darauf verloschen.

Im Inneren der Burg regte sich Leben. Trakeenen war angesichts der seltsamen Geschehnisse in seiner Umgebung geweckt worden. Er beobachtete die Waldbrände, die ihn zu umzingeln schienen und wie von selbst entstanden oder verschwanden. Seine Aufklärungsinsekten schwärmten aus und er begab sich ins Labor, um seine neuen Fähigkeiten zu testen. Besondere Gefühle hatten sich seiner bemächtigt, nicht vollständig, zunehmend immer mehr fühlte er sich eins mit Teilen seiner Umgebung, konnte beliebige Energieimpulse initiieren und brauchte ab nun wohl nicht mehr Jahrzehnte ruhen, bis er seine Unsterblichkeit weiter leben konnte. Ihm genehme Untertanen dürfte er künftig ausreichend mit Energie speisen können. Etwas lenkte ihn ab, er spürte eine mächtige Bedrohung heranziehen. Die Heutemenschen hatten es zu etwas gebracht, ihre technischen Spielzeuge sollten ihm aber jetzt nicht mehr schaden. Mit reinen Handbewegungen hob er ein etwa zwanzig Meter vor ihm liegendes Stahlrohr in die Höhe und flocht damit einen Knoten, ließ es krachend fallen, dann öffnete er eine Wand mit großen Bildschirmen. Aus einem Lautsprecher empfing er Nachrichten, die eigentlich nicht sein durften. Woher kamen die plötzlichen Erschütterungen des Gleichgewichts, das Aufbrausen der Natur? Er befragte seine kriminellen Anführer und erfuhr von geheimen militärischen Aktivitäten in den letzten Stunden, welche nicht eingeordnet werden konnten. Trakeenen ließ mobil machen. Mit eigenen Kampfflugzeugen jagten Verbrecherrudel zum Unterschlupf ihres Meisters - ohne diesen Ort bisher gekannt zu haben. Inzwischen fielen Kampffledermäuse über vermeintliche Ziele her, über Dummys der Alliierten. Nur wenige Stahlflügler fielen den Explosionen zum Opfer, nicht so viele wie sich die Angriffsoffiziere erhofft hatten. Energiewellen aus dem Nichts zerstörten nächstgelegene Kasernen, Kraftfelder minderten etwas die Energieausbrüche. Ein ganzes Dorf bei Königsberg wurde wohl aus Wut einfach platt gewalzt. Gen Himmel reichende Wassertornados verließen die Meere, Kraftwerke fielen aus, Rechenzentren verloren die Kontrolle.

Das konnten die Militärs nicht mehr hinnehmen, eine gewaltige Salve von Kurz- und Langstreckenwaffen wurde abgefeuert. Drohnen erzeugten Trugbilder und nahmen die Fledermäuse unter Beschuss. Mit Energiewaffen zerstörten sie einen Dschinn. Gleichzeitig begannen die Megawehr der *Weltfrieden* ihr Konzert, trommelten ihre Kugeln gegen Trakeenens Kraftfelder. Die Raketen explodierten auf diesem Feld, vermochten in der ersten Salve nichts auszurichten. Die Fledermäuse stürzten sich nun auf die erkennbaren Drohnen zerlöcherten sie wie einen Schweizer Käse. Rondor ließ an diesen Stellen seinen Geist die Bahnen der unsichtbaren Fluglinien entlang fließen, drehte am magischen Ring und alles um die Kampfmäuse gefror, Hagel und Blitze konnten so einige Exemplare zerstören. Nun tauchten noch hunderte Verbrecherflugzeuge auf, kämpften mit Luftabwehrraketen und Bombenabwürfen auf vermeintliche NATO-Stellungen. Sie waren ein gefundenes Fressen für die *Weltfrieden* und die Alliierten. Innerhalb von zwanzig Minuten wurden fast alle Feinde vom Himmel geholt. Darauf hatte Trakeenen gewartet. Seine Hitec-Geräte verzeichneten woher die Geschosse kamen und seine Abwehrmaßnahmen begannen Wirkung zu zeigen. Seine Energieimpulse zerstörten auf einen Schlag ein Viertel der NATO-Positionen. An verschiedenen Standorten trieben Trakeenens Vampirweiber ihr Unwesen, drangen in die Kommandostellen ein, zerrissen die Menschen in Stücke. Seine Dschinn ließen ihre magischen Kräfte spielen, verwandelten sich aus Rauchsäulen in Riesen, bildeten wütende menschliche Körper aus - die bayrische Trachten, Lederhosen trugen - und zertraten am Boden ihre Gegnerschaft. Kugelblitze schossen aus dem Unterholz, trafen die Riesendschinn an vielen Stellen ihres monströsen Körpers. Mönche und Esoteriker hatten sich zusammen getan und praktizierten ihre Abwehrzauber. Kaum flogen Teile der Riesen durch die Gegend, sandten die Zauberer kleinere Kugelblitze aus, die den Rest zerstäubten. Die Riesen tobten, krümmten und wanden sich hin und her, warfen Fahrzeuge wie Spielzeug nach ihren Peinigern. Dort zerstoben die Gefährte in Funken, richteten keinerlei Schaden an. Stück für Stück wurden die Dschinn zerlegt, bis nichts mehr von ihnen übrig war. Trakeenen blieb mit den NATO-Kräften beschäftigt, während sich die Kampffledermäuse und Energiewaffen der unterirdischen Burg gegen die *Weltfrieden* wandten. Alle Megawehr konzentrierten ihr Feuer auf die geflügelten Mäuse, die Kraftfelder hielten den feindlichen Energieeinschlägen stand. Rondor projizierte Eissplitter in den Schwarm und ließ Blitze einschlagen. Auf halbem Wege zwischen *Weltfrieden* und Trakeenen-Burg trafen zwei Schwärme aufeinander, die Megawehrgeschosse und der Fledermausschwarm. Metall schlug auf Metall und immer mehr Mäuse fielen zerbeult in die Tiefe. Der Rest kam nur noch langsam voran, war kurz vor der fliegenden Plattform völlig verschwunden. Nun starteten die Alliierten einen Gegenangriff, Bomber ließen ihre Fracht über der feindlichen Burg fallen, die *Weltfrieden* verstärkte ihre Geschosse auf die Kraftfelder des Baus. Trakeenen schickte eine Energiewelle nach der anderen, vernichtete fasst alle NATO-Truppen und wandte sich nun seinem gefährlichsten Gegner - der *Weltfrieden-* zu. Seine Energiewellen ließen sie nur leicht erschüttern, doch ihre schützenden Felder wurden immer schwächer. Gleiches geschah mit den Feldern der Burg. Immer mehr Bomben drangen durch, erzeugten verheerende Explosionen. Und auf einmal schwankte auch die *Weltfrieden*. Zeitgleich explodierten die fliegende Plattform und die Burg wie zwei in vielen Farben schillernde Sterne und rissen alle Angreifer und Verteidiger in das tiefste Dunkle, in den Tod. Trakeenens Energiekonzentrationen brachen zusammen.

Erwachen (Schluss)

In schwarzdunkler Nacht erwachte Rondor auf der ausgelegenen Bodenmatratze seines Studierzimmers. Stimmengewirr, Musik veränderten langsam ihre Wahrnehmbarkeit, formten sich zu einem verständlichen klaren Sprachmuster, einer tiefen Sprecherstimme.

„Wach auf! Wach auf!"

„Was ist denn los", dachte er, ohne den Mund zu öffnen.

„Du hast genug Alkohol getrunken, du bist tot.", vernahm er in seinem Kopf.

„Ich bin tot?", erschrak er in der Finsternis.

„Bist du weich geworden? Steh auf!"

Er warf völlig verängstigt die Bettdecke zurück, tastete sich auf seinen Schreibtischstuhl und knipste die Tischlampe an. Irgendwie hatte er wohl vergessen, das Radio auszuschalten. Alle Töne schienen daraus zu kommen.

„Wer bist du, mit wem rede ich eigentlich?", dachte er.

„Ich bin du und du bist ich.", kam es mit schwerer Rotweinstimme aus den Lautsprechern.

„Ich bin der Vater und der Sohn und die Mutter und die Tochter und der Papst hat nicht mehr an sich selbst geglaubt. Deshalb spreche ich mit dir."

Rondor schaute sich um. Sein Studierzimmer besaß keine Wände und stand auf einer winzigen Eisscholle mitten im Weltraum. Über ihm flogen helle Geister, unter ihm schwarze Schatten. Nur in der Ferne funkelten Sterne.

War das eine Prüfung der Alliierten? Wollte man seine Stärke testen? War die Weltfrieden nicht explodiert?

Alle Elemente der Welt umkreisten ihn in kleinen Kügelchen, das Wissen des Universums strömte auf ihn ein, er ward eins mit ihm, spürte die großen Konstellationen bis hin zu den Atomen auf ihren Bahnen, als käme alles aus ihm heraus.

„Du bist Gott.", überkam ihn die Stimme.

„Braucht man noch Gott?", dachte er.

„Kommt man auf die Welt, um für das Paradies zu sterben?", echote die Stimme, „Der Teufel lebt nur in allen Widerständen. Es gibt keine Zeit. Es gibt kein Links, kein Rechts und kein Oben, kein Unten. Alles existiert nur in unserem Denken als abstrakte Konstruktion. Die Welt ist gleichzeitig Null und unendlich. Selbst die Ausdehnung ist nur gedacht. Alle unendlichen Möglichkeiten waren schon immer vorhanden und werden immer sein. Man kann sie individuell in immer neuen Varianten ablaufen lassen. Ich, Du, wir haben die Erde geschaffen, um auf ihr zu leben."

„Dann sollten wir etwas daraus machen. Schaffen wir unendlich viele Erden. Jeder Mensch wird im Laufe seines Daseins oder danach zu Gott. Das was keiner erleben oder machen möchte wird durch Geister ersetzt. Bei jeder wissenschaftlichen Suche eines Menschen in eine Richtung entwickelt der Suchende mit göttlicher Kraft seine Umwelt weiter. Gläubige jeder Religion bekommen ihre Wünsche erfüllt. Genießen wir die Lebenden und die Toten. Schaffen wir Multiversen! Erdenhimmel!", Rondor schloss die Augen.

„Ok. Schlüpfen wir in eine *neue* Rolle. Wir können jedes Schicksal nacherleben. Schaffen wir auch unseren Erdenhimmel! Lassen wir uns immer wieder überraschen. Leben, lieben wir die Unendlichkeit!", sprachen, dachten sie gemeinsam.

Rondor verspürte auf einmal bedrückende Müdigkeit und neue Erinnerungen, die sich ihm aufdrängten, seine Umgebung begann zu verschwimmen und er schleppte sich mühsam auf seine Matratze, legte sich mit dem Blick nach oben gewandt. Das Universum samt Geistern verschwand und wie durch einen lichtenden Schleier erschien ein großer bläulicher Raum um ihn herum. Sechs erotische Weiber mit Reißzähnen trugen ihn in ein spindelförmiges Nachtlager und verschlossen dieses sanft und leise über ihm, bis ihn schwärzeste Dunkelheit einhüllte. Von draußen hörte er nur noch:

„Bis zum nächsten Erwachen. Gute Nacht, großer Volker von Trakeenen."

Dann spürte er nichts mehr.